逃離紫禁城

（上）

一位滿清郡主的傳奇

董升——著

煮豆燃豆萁，豆在釜中泣，

本是同根生，相煎何太急？

——曹植

小說人物提示：

胭　脂：即喪失記憶的琥珀郡主，她聰慧高雅，柔媚明麗，但內心堅韌，擇善固執。她在困頓絕望中結識杜慶鑫，他搏命扶持維護著她履安渡危，闖過許多驚心動魄的險惡遭遇。她感激信賴他，寧願隨他隱匿而放棄尊榮的榮華富貴。

杜慶鑫：自幼長成在戲班的花臉兼武生，善保的弟弟，外貌粗魯憨厚，但心地慈軟溫柔，他在胭脂驚恐絕望中救援她，被她信賴崇拜，衝過波詭雲湧的險阻，視富貴尊榮如蔽履，攜胭脂隱匿江湖，結成眷屬，在平凡中過日子。

馬扣兒：戲班的坤旦，美艷清純，遭遇卻極悲慘，她被善保強暴，卻又不得不含恨嫁給他，難忍內心煎熬痛苦，終以白綾結束自己。

善　保：博爾濟錦一族的貝勒，皇太后鍾愛的內侄，心胸狹隘，偏激好色。他仗勢欺人連自己的親弟弟都要追殺，最後雖惡貫滿盈，卻終做了件對得起良心的事。

恆　祿：綽號禿狼，京師九門提督，胭脂的親舅舅，跋扈兇狠，卑鄙齷齪，唯聽他姐夫鄭親王端華的話，是一條聞腥追羶的惡狗。

載　澂：皇太后的嫡孫子，自幼承襲恭親王的名銜，性情活潑頑皮，嫉惡如仇，是太后的耳目，倒還真攬活了一些事，自詡俠客。

驀地一聲狂吼：

「失火了！」

隨著吼聲火勢轟地竄起，烈焰轟轟、人群奔跑呼叫，驚惶喧囂。

這是北京西郊的白雲觀，失火地點在道觀的後院，時在清咸豐五年，乙卯，春末。這場火燒得驟急迅猛，烈焰竄騰、濃煙彌天。當時陰雲悶黑、沉雷隱隱，慌亂的人群在濃煙烈火間嚎叫奔跑，一個婆子猛地嘶喊：

「東珍，快找郡主！」

嘶喊的是鄭親王府的秦婆子，她滿臉鮮血地竄出牆角，面目獰厲的嘶出驚佈的喊聲：

「東珍，護著郡主啊⋯⋯」

她的嘶喊被扯著她頭髮摀住她嘴巴的手打斷，那雙沾滿血污的手把秦婆子拖回牆後，摀嘴的手下移掐住她的脖子，鬆開抓頭髮的手，拿下嘴裏銜著的尖刀，「哧」地插進秦婆子掙扭的胸膛中。

握刀的羅壽山身後站著以絲帕掩嘴的貝勒善保，他揮手促聲叫著：

「那家王府的郡主？快找，一定得找到，決不能容留活口。」

羅壽山拔刀推開秦婆子，秦婆子倒地抽搐抖戰，善保跨過她的身軀衝出牆角，長隨安春喜和羅壽山緊跟追著他，他們奔進黑煙翻騰的廟後，天空焦雷乍響，接著淋下傾盆大雨。

逃離紫禁城

一位滿清郡主的傳奇（上）

黃昏，暮色迷濛，大雨初歇，屋簷樹梢仍淅瀝著雨滴。京城前門大柵欄一條幽靜的胡同裡，一間精致的磚砌門樓，門板髹漆得油亮，獅頭門環，門簷下懸著一盞畫著芙蓉花的燈籠。這是一間高等『書寓』，只有主僕兩人，雖然門前車馬稀少，但因有高官包養，不必迎張送魏，生活自由私密，過得清閒愜意。

大雨初霽，溝渠裡嘩嘩水響，門樓的朱黑大門被拉開，俏婢秋荷伸頭向門外掃看：

「暴雨下了整天，連陰溝都水滿了，杜老闆，地上滑，您走好啊。」

秋荷閃身讓路，喝得滿臉通紅的杜慶鑫，腳步虛浮的跨出門檻，跟著送他的，還有風姿綽約，儀態美艷的芙蓉老九，她體貼的伸手攙扶，杜慶鑫抬頭望天，天空黑沈，濕氣撲臉，不覺衝口說：

「瞧這個濕勁，雨還得下。」

芙蓉關懷的問他：

「能走嗎？讓秋荷送你吧？」

「能走。」杜慶鑫輕輕推開芙蓉說：「這裏到戲園子總共不過兩條街，轉個彎就到了，九爺，耽會早點到，我這齣『鍾馗』初次貼演，就靠妳捧場了。」

「放心，不但我去，我還幫你約了貴人。」

「貴人，誰呀？」

「九門提督，恒祿恒大人。」

「喲，那個禿狼啊。」

杜慶鑫陡覺失言，伸手摀住嘴，秋荷噗嗤笑出，杜慶鑫吐吐舌頭搧了自己一耳括子：

「捧揚的都是衣食父母，我該掌嘴。」

芙蓉抿嘴笑著推他：

「好了，快走吧，再磨蹭就誤場了。」

冷僻昏黑的胡同裏，一條野狗拖著尾巴在胡同牆邊聞嗅，牆根陰溝的石板蓋上蜷伏著一團黑影，昏暗中只看出一團模糊的輪廓，有絲絲長髮顫抖著拂飛在空中。野狗舔舐黑影的臉，蜷臥的身軀逐漸蘇醒移動，她緩慢的抬起手臂推拒野狗，並發出輕微的呻吟聲。

黑影掙扎著撐地坐起，扶牆站立，沿牆挪步移動，腳步虛軟，看出是個身形嬌小的姑娘。

胡同口轉出杜慶鑫，他拉著架式比劃著身段搖晃著走，嘴裏含混的哼著戲詞：

「俺，終南山進士鍾馗……」

杜慶鑫眼角看到牆邊移動的黑影，以為眼花，凝神細看，剛辨出人影輪廓，陡聽石板翻動的脆響，接著噗通一聲，人影霎時失蹤。

杜慶鑫驚愕的站住腳，愣神瞬間，跳起奔過去彎腰察看，見地下溝渠裏水聲嘩嘩流著，一蓬飄浮的黑髮在水面浮動。

慶鑫伸手抓住黑髮提起，拉出一個嗆咳著噴水的女孩，她驚恐得雙手揮舞著亂抓，抓住杜慶鑫的胸衣，扭緊不放。杜慶鑫扯開她，幫她拍背吐水，急聲緊張的問她：

「妹妹—（讀梅，俚稱）妳怎麼掉進陰溝裡了？摔著沒有？陰溝水深，危險吶。」

女孩嗆咳略停，裂嘴哭著用淚眼望他，杜慶鑫再問：

「摔著沒有？不要緊吧？」

女孩搖頭，哇地哭出聲了，杜慶鑫輕拍她撫慰說：

「別哭，妳住哪兒，我送妳回去。」說著猛地想起戲園，急忙改口：「不不，我找人送妳回去，妳貴姓啊？」

女孩急急搖頭，搖得像搏浪鼓，搖著頭她再扭住杜慶鑫的胸衣哭：

「我不知道我住在哪？我全忘了，我什麼都想不起來，我好害怕，大哥你救救我…」

杜慶鑫錯愕，女孩混身顫抖著跺腳：

「大哥，我真的都忘了，什麼都想不起來了，真的。」

女孩扭抓得杜慶鑫更緊，杜慶鑫下意識推扯，心裏一急，酒暈全醒了，他推開她急叫：

「呃，妳別胡攪。」

女孩再撲前抓住他、哭說：

「真的，大哥，我好害怕，你救救我…」

「呃，妳放手，快放手。」

女孩沒放手，反把他緊緊抱住了。

位在大柵欄鬧市的慶昇戲園鑼鼓敲得正響，鑼鼓聲裏戲園喧騰著嗡嗡人語，一團熱鬧的蒸騰著。舞臺前池座裏觀已經坐滿，茶房提壺沖茶，小販等吆喝著販賣零食果點，毛巾把子在空中擲來丟去，水旱煙的火星在煙霧中閃灼明滅。

舞臺上鑼鼓點敲得起勁，琴師各自在拉弓調弦，後臺繁忙，亂裏有序，衣箱髯口都準備就緒挂在牆上。

串演五鬼的演員已經勾臉化妝穿戴整齊，戲班的班主馬懷卿焦急的從前臺衝進叫喊：

「慶鑫到了沒？」

唱丑角的丁慶貴陰聲怪氣的翻著白眼說：

「師父，京師慶昇戲班的頭牌武生，哪能早到盯場？總得擺擺譜，磨磨蹭蹭身份才顯得與眾不同。

正在鏡前包頭抹彩的花旦馬扣兒聞言瞪眼斥責：

「丁貴，你說話少含骨頭，二師哥沒虧待你。」她說著轉向馬懷卿：「爹，二師哥不會誤場，您放心了。」

馬懷卿難掩焦急：

「今格他貼演『鍾馗』，前臺爆堂滿座，絕對不能誤場，妳到後門去等，他來了馬上讓他勾臉換裝，嗯？

「知道了。」

馬扣兒答應著站起，怒瞪丁慶貴，扭身走向後門，丁慶貴用怪腔怪調哼唱：

「三月裏來桃花開…杏花紅…」

馬扣兒憋氣，踢他坐的板凳泄憤，慶貴誇張的叫著跳開，動作滑稽，逗得扣兒忍俊不逮撫嘴笑出。扣兒走到後門口，剛想開門，門卻被猛地推開，門板撞得扣兒後退驚叫，杜慶鑫拉著滿身污泥的女孩衝進，扣兒還沒站隱，杜慶鑫就把女孩推給她說：

「扣子，把她弄乾淨。」

扣兒無措的推開女孩，喊：

「二哥！」

杜慶鑫頭也不回的應聲：

「妳先照顧她，讓我勾臉上妝。」

女孩驚恐的望著滿屋塗臉戲服的演員，嚇得悚慄跳起，追著抓住杜慶鑫不放，杜慶鑫推掙不開，著急的斥責扣兒：

「扣子，叫妳照顧她，妳怎麼搞的？」

扣兒衝前拖拉女孩，問他：

「她是誰呀？混身都是爛泥。」

杜慶鑫沒理她，猛力扯開女孩的手坐到鏡前塗彩化妝，扣兒硬把女孩拖到旁邊，女孩掙著哭喊：「哥，哥哥⋯」

扣兒臉色微變，杜慶鑫邊塗妝邊安撫說：

「這個姐姐照顧妳，妳聽話。」杜慶鑫丟一塊手巾給扣兒：「給她擦擦臉，看有沒吃的，到胡同口給她叫碗麵。」

馬扣兒拿著手巾愣著沒動，杜慶盡怒聲：

「快呀，妳愣什麼？」

扣兒急忙給女孩擦拭頭臉污水，頭臉乾淨，女孩顯出眩目耀眼的清麗面容。馬扣兒望著女孩癡愣的慢下手裡動作，丁慶貴走過來，繞著女孩觀看。也顯得瞠目驚愕。

鑼鼓激響，舞臺空蕩。台下池座裏觀眾喧鬧著談話，茶房提著錫壺汗流夾背的穿梭在過道上。毛巾把子在半空飛送傳遞，管事的哈腰陪笑著帶領觀眾就座，小販揹負著木箱販賣糖果茶點，疊聲的吆喝。亂哄吵雜的戲園裏突地出現一個錦衣華服的小孩，約十二三歲、他靈活刁鑽的眼珠骨碌碌的四下張望，看遍樓下池座再看樓上包廂，最後眼光停留在一間包廂窗口的竹簾子上。

窗口裏人影晃動，燈影綽綽，看不清面目神情，他眼珠轉著窺視，在觀眾的桌凳間巡逡，轉到樓梯口，趑趄著想要登樓。樓梯口有管事專責把關守望，他估計硬闖會被攔阻，猶豫著站在柱旁想點子闖關，眼珠轉得像琉璃球一樣。

一個茶房提壺開水快步走過，他陡地衝出柱後迎住，茶房閃避不及撞著他，撥出開水，他抱手裝出被燙劇疼的模樣：

「唉呀，我的手！」

茶房嚇得呆住，樓梯口的管事見狀驚恐的奔來，管事慌亂的抓起小孩的手臂察看，突覺手裏一輕，手臂齊肘被他扯下，管事嚇得跳起，鬆手丟掉斷臂，聞聲齊起驚看的觀眾，見摔在地上的是只布縫的假手，小孩一溜煙的狂奔上樓，轟地爆起笑聲。

管事愣神後猛醒，滿臉羞惱，返身追上樓梯尋找，他因遲緩一步，上樓已不見小孩蹤影。

鑼鼓驟變急響，敲出「急急風」、急驟的鑼鼓節奏中，舞臺上的「出將」門裏舞出五個形象各異的鬼怪，隨後「鍾馗」掩臉衝身亮相。

觀眾怪聲喝采，「鍾馗」念詩放下掩臉衣袖，露出彩色斑斕的臉譜，他牽動臉上肌肉，彩色斑爛的臉譜跟著肌肉變化扭曲，然後再眼珠靈活轉動，腮肉顫抖痙攣。

鑼鼓敲出強烈節奏，「鍾馗」踏著節奏撫弄、甩抖頷下黑髯舞蹈，畫著獠牙的闊嘴噗噗噴出星火，五個鬼怪合著鍾馗舞步，有的擎傘，有的挑擔，有的作勢趕驢，有的提燈拿幡，左右前後穿梭起舞，構織成幅奇詭珣麗的畫面。

他們身段美妙輕盈，舞步健捷逗趣，配合無間。舞臺下彩聲轟堂，怪聲呼叫，彩聲中一個管事撩衣登上臺角，把一張灑金紅紙貼在台口牆上。紅紙寫著：

「提督九門恒老爺賞杜慶鑫銀貳佰兩。」

謝賞紅帖貼出，台下轟起議論，嗡嗡議論聲中舞臺上舞蹈噴火的「鍾馗」，以身段配合著鑼鼓點兒向台口樓上包廂裡鞠躬謝賞。

滿園觀眾豔羨的隨著鍾馗眼光向包廂裏看，包廂裏竹簾半垂，窗口欄杆露出一隻雪白的纖手，手腕上玉鐲鬆套，粉紅絲巾輕握在手上。

包廂門簾輕掀，雪白纖手聞聲抽回轉過身，掀簾的管事輕喊：

「恒老爺到。」

隨著喊聲恒祿進門，芙蓉老九站起綻露笑容，恒祿趨前握住她的手拉她坐下，說：

「妳瞧，趕妳的約會，我連官服都還沒換。」

跟著恒祿進來的長隨遞上毛巾給恒祿擦臉，芙蓉問：

「你公事忙？」

「唉，遇到大麻煩。」恒祿把擦過臉的毛巾丟給長隨：

「昨天西郊白雲觀失火鬧出兇殺命案，兇殺兩個燒死一個，都是女的，燒死的面目難辨據說是個郡主，逼得我親自到場勘驗，哪家王府的郡主還不曉得，唉！這真是一件掉腦袋的麻煩。」

長隨再遞來溫茶，恒祿漱口，吐進長隨捧接的痰盂，以嘴呶示舞臺：

「這個唱花臉的就是杜慶鑫？」

「對，京師正竄紅的武生跟花臉。」

恒祿側眼望她：

「嗯，身段架式還不錯。」

芙蓉凝望舞臺，注目杜慶鑫的身段表演，神態癡迷，眼光灩灩：

「他武生扮相慓悍俊逸，噢，對了，我剛替你開了兩佰兩銀子的賞，你不會心疼吧？」

「笑話，花銀子買妳開心，我敢心疼嗎？」

芙蓉媚笑著，把雪白纖手放在他的手上。

鑼鼓急驟，綿密疊響，舞臺上的「鍾馗」和五鬼穿插迴旋舞得更急，腿影交錯，衣裾翻飛，像亂蝶狂撲一般，觀眾叫好，掌聲若雷，茶房提壺奔走、到包廂倒水，走到一間包廂門外，隔簾向裏探頭，迎面一個耳光被摑得摔出來。茶房撫臉不敢叫疼，包廂裏安春喜驕橫的跨出門外。

「滾，再賊頭賊腦就打斷你的狗腿！」

茶房驚懼的撫臉退開，安春喜撩簾回到包廂內，茶房含淚撫臉下樓，管事見狀在樓梯口攔住他，悄聲問：

「什麼事？」

茶房抹掉嘴角血跡：

「挨了一耳括子。」

「誰動手？」

茶房含憤回瞪樓上：

「還有誰？地字包廂的。」

管事露出驚悸：「善貝勒？」

「主子還沒到，是他手下那個長隨，姓安的。」

樓梯轉角躲著華服小孩，他豎著耳朵傾聽茶房的話聲，聽到地字包廂他微綯下眉頭，轉身張望，走出角落趨近地字包廂。

他站在門外從簾縫向內窺視，見安春喜眼珠翻天的躺坐在椅上。

小孩從懷裏掏出一截竹筒，像截短的洞簫，拔開竹筒塞子，把竹筒輕悄的放在地上。片刻，竹筒裏竄出一條小蛇，蜿蜒遊走爬到安春喜椅下，小孩興奮的盯視著它，小蛇爬上安春喜的腳，眼看要竄進褲管，小孩興奮得身體前傾，眼睛睜大緊張的等待著駭極的尖叫。這時聽得樓梯有腳步聲響，和善保的話聲。安春喜聞聲跳起迎接，腳上小蛇被踢開，小孩憾恨得咬牙握拳躲開。善保上樓，小孩的背影仍落在他眼中。

「咦。」他脫口驚呼，停住腳步愣望，安春喜衝出門打扦：

「迎候主子。」

善保凝望走廊，促聲說：

「去，快去找，我剛才好像看到小恭王－」

安春喜楞著沒動，善保踢他。」

「去呀。」

「者。」

安春喜銜命跑向走廊，善保縐眉尋思著走進包廂。

馬懷卿撩衣跨進後臺喊：

「扣兒－」

「爹，我在這兒。」

後臺忙亂，馬扣兒對鏡描眉，女孩坐在她身旁愣著觀看，她看著扣兒描眉的動作腦海裡飛快的閃過一些模糊的影像。不覺凝目追索影像的情景，露出痛苦焦急的神情。

扣兒問馬懷卿：

「爹，什麼事？」

馬懷卿走近她，壓低聲音：

「他又來了。」

「啊！」扣兒變色。

馬懷卿難掩憂懼的悄聲：

「茶房剛才挨打，看樣子今天他準備翻臉，怕應付不過去。」

老生裝扮的劉慶奎，正忙著紮靠穿衣，聞言關切的插嘴：「師父，別讓師妹唱了，免得提心吊膽惹麻煩，這樣下去，不應酬得罪人，早晚讓人砸場子。」

丁慶貴勾著瓦塊臉靠牆坐在長凳上假寐，出聲插嘴說話，眼睛卻仍閉著：

「京師九城就師妹這個坤角，皇親闊少捧場親近是理所當然的，師父讓她登臺就是指望她唱紅，她唱紅就得要人捧場，捧場的人越多才越紅越旺，像這樣繃著臉誰都不理，怎麼紅？到廚下填柴崩火星兒，也是紅！」

扣兒勃然怒聲：

「丁貴，你敢蹧蹋我。」

丁慶貴滿臉無辜：

「這那算蹧踏？我說實話總沒花言巧語中聽。」他說著睜開眼，猛見滿身水濕的女孩站在眼前。不覺悚然跳開：

「妳，妳幹嘛？想嚇死人吶。」

他叫著向扣兒喊：

「扣子，把她弄走，臭死了。」

扣兒恨聲說：

「你比她還臭。」

「我哪兒臭？妳反正就嫌我。」

馬懷卿斥責他們

「好了，都十幾廿歲了，還像小孩子。」

馬懷卿罵著走出後臺，扣兒拉過女孩找件衣服給她披上，牽她走回鏡前妝台、丁慶貴撇嘴：「胭脂，還桂花呢。」

「別理他，胭脂。」扣兒氣得鼓著眼睛瞪他，輕聲向女孩說：

「妳乖乖坐著，我趕化妝。」說著指她脖子上一條項鏈吊著的琺瑯胭脂盒：「妳怎會有這東西？很貴重呢，誰給妳的？」

女孩搖頭，扣兒按開盒蓋說：

「這胭脂好香，一定是洋貨。」她用指甲挖點塗在手心：

「我搽點做腮紅，嗯？」

女孩乖順的點頭，扣兒對鏡塗抹，邊抹邊說：

「問妳名字也不說，我就暫時叫妳胭脂。」

說著話前臺鑼鼓急變，鍾馗和五鬼陸續下場，杜慶鑫滿臉熱汗的拉下髯口，後臺夥計急忙遞上小茶壺，杜慶鑫抓著茶壺對嘴猛飲漱口，再吞咽入喉。正喝著茶，驀覺手臂一緊被抱住，胭脂歡聲叫：

「哥哥—」杜慶鑫一口茶差點沒噴出嘴，急著想扯開她，向扣兒叫：

「扣子，別讓她攪活。」

扣兒奔來拖開胭脂，胭脂緊抱著杜慶鑫不放，不肯走，三人糾纏，鑼鼓再變催場，杜慶鑫挂上髯口猛推扯開胭脂衝向出場門口。

五鬼隨著鑼鼓節奏衝奔出場，杜慶鑫撩袍作勢正欲跟出，腰間玉帶一緊又被胭脂抓住，他急得跳腳拉扯：

「放手，妳放手……」

「哥哥，我害怕，你別走。」

扣兒衝前想拉開胭脂，胭脂受驚抓得更緊，把戲袍衣袖也扭住，上場鑼鼓急催，杜慶鑫急得兩眼冒火向後臺叫：「快呀，把她拉開。」

後臺眾人齊湧向前扭拉胭脂，胭脂死命掙拒，把杜慶鑫的戲帽撞歪，髯口扯落。

鑼鼓催命急敲，杜慶鑫猛掙脫身，扶帽挂髯奔出後臺，眾人鬆口氣放開抓拉胭脂的手，剛放手，胭脂一溜煙衝出臺外，剛鬆氣的眾人一把沒抓住，嚇得瞠目結舌愣在台口。

胭脂奔到舞臺，張臂抱住杜慶鑫，杜慶鑫驟不及防被她猛撞，撞得踉蹌，紗帽滑到額頭。

觀眾驚愣凝住，陡地爆出哄堂笑聲，在樓上地字包廂的善保和安春喜看到胭脂，驚怖得挺身跳起。

舞臺側旁包廂裏看戲的恒祿只看到杜慶鑫被一個女孩衝上舞臺抱住，卻看不到臉，詫疑的問芙蓉：

「戲裏有這一段嗎？」

芙蓉凝望著戲臺搖頭：

「好像是鬧場。」

舞臺上的杜慶鑫窘急忙亂，檢場夥計狂奔衝上把胭脂拖開，胭脂掙拒呼叫著：「哥，哥哥……」

胭脂被拖進後臺，觀眾轟起議論譏笑，杜慶鑫扶正紗帽，重整身段繼續演戲，混亂愣僵的五鬼也再穿插起舞步。

芙蓉側眼偷望恒祿，顯露出不安，恒祿撐身站起說：

「我剛才聽著聲音有點熟，咱們到後臺去瞧瞧。」

地字包廂的善保伸指戳到安春喜臉上，從牙縫中恨聲說：「豬，你是豬。」

安春喜後仰，惶恐著：

「奴才親眼看著她摔進廟後一個土坑，不摔成肉餅也絕活不成。」

「還辯，這明明是她。」他霍地衝出：「走，去後臺，就說她是府裡潛逃的丫頭。」

後臺亂成一團，馬懷卿氣急敗壞的衝進說：

「怎麼讓她鬧場，把她摀出去！」

夥計拖拽胭脂，扣兒促聲向夥計說：

「把她送回戲班，鎖進二哥房裏。」

夥計把胭脂拖出後門，胭脂叫喊，夥計摀住她的嘴，把她挾起來拖走。

馬懷卿剛轉過身，迎面一巴掌摑在臉上，打得他踉蹌摔退撞到衣箱，接著安春喜一把扭住他胸前衣裳：

「好大膽子，敢窩藏逃犯，你有幾個腦袋？」

馬懷卿驚駭急辯：

「冤枉，我們安份唱戲，你別血口噴人。」

安春喜再一耳光打過去：

「還敢強辯，敢情你是想造反。」

他揚起的手臂被滿頭熱汗剛進後臺的杜慶鑫抓住：

「總管，您口上留德。」

安春喜奪手囂張的叫：

「好個大膽東西，窩藏貝勒府的逃犯，還敢頂嘴，那個女的呢？」

「哪個女的？」

「還敢裝糊塗。」安春喜張牙舞爪：「來人，給我捆了。」

羅壽山等家奴撲前抓攫杜慶鑫，馬懷卿搶著阻攔：

「總管誤會，剛才那個女孩是在路上撿的，是個瘋子。」

「放屁，有人撿金子，銀子，還有人撿瘋子？」

馬懷卿顧不得抹掉鼻端血污，急得面紅耳赤：

「是真的，今格下過雷暴雨，她掉進陰溝裏，是慶鑫看她可憐救她帶回來，跟她沒一點關係：」

「哼，你倒推得乾淨，那個丫頭呢？」

「趕出去了，剛才她鬧場被我趕走了。」

安春壽向羅壽山吼：

「搜，給我翻箱倒櫃的搜。」

羅壽山推開馬懷卿就要翻箱倒櫃，後臺口響起恒祿的聲音：

「什麼事？啊，貝勒爺也在。」

恒祿進門向負手傲立的善保作勢打扦：

「參見善貝勒。」

安春喜搶著說：

「提督老爺，您來得正好。」

善保厲聲喝斥：

「住口，退下。」

安春喜錯愕畏懼的微愣，躬身退開，善保向恒祿露出僵硬的笑容：

「恒大人也來捧扣兒姑娘的場？」

恒祿也笑：

「卑職老了，力不從心了。」

善保淫邪的側望攙扶馬懷卿的扣兒：

「京城就這朵玫瑰花，物以稀為貴呀，嘿嘿……」

善保轉身走出，安春喜、羅壽山急步跟隨，恒祿追望善保背影，凝目思索，芙蓉走到他身旁說：

「這位貝勒爺臉色好蒼白。」她說著轉臉叫：「杜慶鑫，還不趕快向恒老爺謝賞。」

杜慶鑫摘下紗帽，向恒祿打扦：

「謝恒老爺賞。」

芙蓉拉著恒祿離開：

「行了，夠面子了，沒白花你貳佰兩銀子，前邊看戲吧。」

恒祿既遲，著張望後臺，被拉著勉強離去，馬懷卿心悸驚恐，虛脫癱軟的坐倒在衣箱上。

善保一步跨進包廂，摔身坐下，安春喜驚恐的在他腳前跪倒，忐忑著喊：

「主子——」

善保切齒戟指他：

「豬，你是豬。」安春喜慄懼的答應：

「是，奴才是豬，奴才是畜生變的。」

善保屈指敲他的額頭：

恒祿是步軍統領九門提督，專管緝凶捕盜，查察奸宄，你在他面前張牙舞爪吆喝逃犯，萬一他認真追究，豈不壞事。」

安春喜自己掌嘴：

「是，奴才莽撞，該打。」

善保踢他：

「快，派人盯後臺，暗裏追她。追到馬上弄死，絕不能再出差錯了。」

鄭親王端華風塵僕僕的跨進門，王府總管德良急跑趨前打扦迎住，端華腳步不停直衝進院，德良爬起緊緊跟隨在身後，端華說：

「我在熱河接到你的急報心裏急得像火燒，連夜奏准皇上，一路換馬趕回來，你急報上也沒說清楚，只說琥珀出事，到底出什麼事？她怎麼了？」

「是—」德良惶慄得不敢說。

「說呀，她到底怎麼了？」

端華猛地站住腳，德良收勢不住撞到他的後背，德良惶恐退開，急得結舌口吃說：

「郡主奉太后懿旨賜婚……遣嫁貝勒善保。」

端華鬱怒斥責：

「懿旨賜婚我還能不知道？婚期還有一個多月，雖然緊迫，總還來得及，我是問你現在發生什麼事？」

「是，前兩天郡主知道婚期確定，請准福晉要到城西白雲觀降香祈福，當天去了遇到觀裏失火，就斷絕音訊了……」

「斷絕音訊？」

德良悲慟恐懼的撲地跪下，哭出聲音：

「郡主失蹤了，王爺，丫頭東珍跟秦婆子都死在白雲觀，觀後廂房裏燒焦一個人，聽說是——」

端華傷痛震慄的望著德良，簌簌戰抖，德良伏地痛哭，扯住端華的袍角：

「王爺，郡主……郡主可能遭難了……」

東珠攙扶著側福晉奔出後院，奔到端華面前，哭著：

「王爺，您可回來了。琥珀她……」

端華悲慟暈眩得搖搖欲倒：

「別哭，別哭，走，到屋裏說……」

鏡子裏的「鍾馗」花臉被濕布抹糊，杜慶鑫心情燥亂的在鏡前卸妝，幽揚婉轉的旦角唱腔從前臺傳來。馬懷卿凝重憂懼的向杜慶鑫說：

「那個女孩是禍根，你趕快卸妝回去，把她送走！」

「送去哪兒？」

「在哪兒撿的就送去哪。」馬懷卿峻聲叮囑，侯成棟威嚴的在旁接口：

「你師父說的對，她是禍根，你要儘快跟她撇清關係。」

杜慶鑫神情敬謹的點頭：

「是，侯叔。」

「後臺夥計劉四把她鎖在你房裏，你趕快卸妝把她送走，要是覺得不忍，就多塞給她幾兩銀子。」侯成棟說著轉身向馬懷卿悄聲：

「扣兒今格唱腔不穩，常脫板走音，我看，戲馬前，收吧。」

馬懷卿神情痛苦為難：

「很多行家都在看，怕會挨罵……」

「顧不得以後了，先顧眼前吧。」

馬懷卿勉強點頭，和侯成棟走出後臺，杜慶鑫望著自己在鏡裏的花臉，一把猛抹過去，像洩憤，把臉抹得更花了。

戲班是一處庭院廣寬的四合院，院裏樹下擺滿練功器械，黃泥土地被踩得溜平，沒一點磚屑瓦礫，跨院西廂房是杜慶鑫的住處，現在門窗緊閉，房裏傳出陣陣打門聲，並有女孩的哭泣。胭脂被關在房裏，她滿臉驚怖的拉門，打門，並哀呼著驚恐的聲音：

「開門吶，放我出去。」

庭院一片寂靜，冷森的靜寂更讓她悚慄恐懼，她驚抖著打門，喊聲也一聲比一聲淒慘：

「開門吶，放我出去……」

房門拉不開，她奔去搖撼窗戶，窗戶也門緊封閉，她急得裂嘴號哭，邊哭邊叫：「誰救救我，菩薩顯靈啊——」

叫聲裡她腦海驀地閃過神像，閃過一些模糊無法辨認的輪廓，她停住哭聲和撼窗的動作凝目苦想，渴切的想抓住這些片斷印象，可惜腦海瞬間又一片空白，她頹然在椅上坐下，慟極絕望地哀叫著：

「我怎麼都想不起來呢，我是誰呀？我到底怎麼了？」她痛苦的抱頭握拳敲打：「哎喲，我的頭好痛喔。」

她敲到頭側的傷口，劇烈刺痛中一股溫熱的液體從髮絲裏湧出流下。她望著滿手沾染的血跡思索，腦中映現的是杜慶鑫關懷的眼神和他和熙溫柔的微笑。她神馳發呆的想，瞬間腦中又一片混沌了。

她焦燥，心頭像烈火焚燒，揮臂掃落桌上茶具，動作間顯露出肆無忌憚的嬌縱和習慣的悍潑，瓷器破裂的碎響更讓她的燥煩難耐，她跳起踢桌踹凳，衝到窗前猛推窗櫺，不想窗櫺朽腐，竟被她猛推崩斷了。

她攀著椅子穿窗跳出窗外，穿窗時手臂掃到窗臺上的一尊瓷觀音，把觀音掃落地下摔碎，觀音肚腹中有枚退色的薩滿教嬰孩的保命符摔出來。符上用硃砂寫著滿文的『寶麟』字樣極是醒目刺眼。

胭脂跳出房外發足狂奔，轉眼奔出慶昇戲班。

她不辨方向，沿著胡同奔跑，胡同昏暗，屋宇寂靜，奔到岔路她張惶四望，猛覺腳底疼痛，低頭看腳，才發現一隻腳繡鞋脫落，沾滿泥濘的白襪上有鮮血滲出。她跳著奔到牆邊，扶牆撫腳察看，不覺呻吟出：

「好痛，哎喲。」

遠處有鑼鼓聲斷續傳來，她傾聽，露出欣喜的向鑼鼓聲響處飛奔。

杜慶鑫匆忙卸妝和侯成棟趕回戲班，發現胭脂已經不在房內，侯成棟銳利的眼光直視從窗台摔下的瓷觀音，和從觀音空腹中摔出的保命符，他衝前撿起它，臉色驟顯陰森蒼白，杜慶鑫見胭脂離去，輕鬆懶散的坐下，看著侯成棟陰森的臉色不覺問：

「侯叔，那是什麼？」

「你的保命符！」侯成棟衝口回答。

「我的保命符？」杜慶鑫駭異驚愣。

侯成棟陡顯警惕的閉上嘴，杜慶鑫想追問，侯成棟怒目瞪著他：

「你老實說，這小姑娘到底是誰？」

杜慶鑫無辜的搖頭：

「我不知道。」

侯成棟跨步走到杜慶鑫面前。沉聲說：

「我們分頭出去找，找到把她弄回來，弄不回來，就下手宰了。」

杜慶鑫楞住，侯成棟閃身衝出門外，他身形的快疾，眼光的冷森都讓杜慶鑫看得驚心。

胭脂循著鑼鼓聲，跛著腳奔到戲院後門，她拍門喊：

「哥哥，哥—」

她喊得半聲被人從背後摀住嘴，胭脂驚駭的掙扎著想喊叫，摀著她嘴巴的羅壽山把她拖到門旁牆角暗處，抽出短刀抵住她的咽喉。

陡地羅壽山身軀挺跳一下，瞠目結舌的凝住動作，雙眼暴瞪著扭頭看，見腰肋上插著一把溢血的短刀，他驚駭的問：「丁卯，你瘋了？」

被叫丁卯的神情森冷，握刀猛擰，刀口鮮血如泉湧出，接著抽刀再刺，拖過胭脂，把胭脂驚怖嘶喊的嘴巴摀住，羅壽山被推得摔倒地上，他切齒恨叫：

「丁卯……」

丁卯冷森的抬腳踩住他的口鼻，羅壽山閉氣掙扎，混身顫跳，片刻靜止氣絕死去。

戲臺上馬扣兒，丁慶貴正串演蘇三起解，觀眾凝靜聆聽，扣兒嬌嫩清脆的唱腔繞梁迴蕩，一些觀眾閉目垂頭，手敲膝腿輕擊節拍，貝勒善保則色迷迷的盯著扣兒紅潤鮮嫩的嘴唇，瞇著眼睛遐想，靜肅中突起一聲暴喝：

「停鑼。」

隨著喝聲郝長功，羅青峰和老區等幾個捕快衝身跳到舞臺上。觀眾驚得紛紛站起，郝長功橫身檔住馬扣兒，轉身向台下叫：

「不要亂動，原地坐下，不要吵，不要說話，我是提督衙門的郝頭兒、有話說。」

觀眾沸騰議論的聲音漸消，郝長功按著刀把掃望舞臺下千百雙眼睛：

「奉提督九門，步軍統領恒老爺嚴諭：本園發生命案，戲停演。為了緝拿兇手，戲園四周已被巡檢五營包圍，大家不要慌亂妄動，按順序從前門列隊，接受查問。」

觀眾再起沸騰議論，郝長功仰望樓上包廂，包廂裏恒祿臉色陰沈的俯首看著他點頭，戲班班主馬懷卿急奔上臺，他打躬作楫的衝到郝長功面前：

「總爺，命案不關戲園的事，您不能停我的戲。」

「不能？」郝長功兇橫的瞪眼。

馬懷卿苦臉哀求：

「總爺，戲班二三十口人要吃飯哪。」

「提督衙門大牢的飯不要錢，你要不要去吃？」

「總爺……」

郝長功怒目厲聲：

「住口，再嚕蘇把你捆了！」

扣兒抓扯馬懷卿，把他拖開，觀眾混亂擁擠，爭相湧向門口，馬懷卿望著混亂戲園急得哭出，演員，龍套，文武場等都擠在後臺口驚恐的觀看，樓上包廂裏的恒祿轉臉悄聲向芙蓉老九說：

「妳先回去吧。」

「耽會吧，這麼多人擠死了。」

「好，妳耽會走，我先去辦事了。」

「你忙你的。」

恒祿起身走出包廂，芙蓉和秋荷交換眼色，芙蓉興奮的說：

「這是個機會！」

「對，杜慶鑫一定會來求妳解圍。」秋荷眉眼溢滿著笑容。

安春喜一步衝進地字包廂，顫聲向貝勒善保稟報：

「主子，是羅壽山。」

「噓—」

善保撮唇輕噓，站起身說：

「裝著不知道。」

「嗯，知道了。」

善保眼珠轉著，以唇形無聲的說：

「別慌張，裝做不知道。」

「者！」

安春喜躬身答應著跟隨善保出門下樓，在樓梯口看到恒祿率領著捕快直奔後臺去了。

羅壽山屍體移進後臺，戲班的人都驚恐的縮在一邊躲著，恒祿走進後臺門內。長隨斥喝：

「督帥到。」

守在屍體旁的捕快領班丁卯趨前打扦：

「迎接督帥。」

恒祿掃望屍體一眼，縐眉把臉轉開。

「忤作來了嗎？」

「回督帥，忤作馬上到。」

恒祿轉頭問跟在身後的郝長功：

「查實他是善貝勒的人？」

「回督帥，眼前還未查實。」郝長功說：「不過盤問戲園茶房，確實看到死者到善貝勒的地字包廂去過。」

恒祿從袖筒摸出鼻煙壺抹抹，掃望戲班眾人，眼光寒森的說：

「既是善貝勒的人被殺，這兇殺案就必得偵破。」

恒祿轉身離去，戲班的人臉色更蒼白了。

觀眾散盡，戲園一團零亂，昏暗的燈光下，桌翻凳倒滿地碎壺破碗和傾灑的瓜子花生殼，靜寂，幢幢黑影顯出陰森，有輕微的垂泣聲斷續著。

垂泣聲響自燈光昏暗的舞臺上，馬懷卿，馬扣兒和演員夥計等都悲苦無助的散坐台角，向空蕩冷寂的戲園呆望著，馬扣兒低頭飲聲垂泣，丁慶貴握拳猛擊舞臺，發出暴響叫：

「都是杜慶鑫惹得禍。」

扣兒霍地抬起頭：

「這怎麼能怪二哥？」

「怎麼不怪他？」慶貴怒恨勃發的說：「不是他帶回那個瘟神，今天怎會鬧出命案讓官府關園子？」

「鬧命案關園子跟胭脂沒關係。」

慶貴憤恨的跳起：

「妳還護著他。」

懷卿揮手制止：

「好了，不要吵了，你們都回戲班去。」馬懷卿吃力的站起：「我去找慶鑫，讓他去求芙蓉老九。」

唱老生的劉慶奎出聲說：

「師父，芙蓉老九色瞇瞇的盯著慶鑫，讓慶鑫求她，合適嗎？」

「唉，顧不得了。」

馬懷卿扭身僵直的走進後臺，眾人沈痛靜默的低下頭。

杜慶鑫在房裏臥榻上睡得正熟，鼾聲起伏響亮，馬懷卿推門走進，挑亮桌上油燈，走到慶鑫身邊推搖：

「慶鑫，你醒醒。」

杜慶鑫被搖醒，愣著望他：

「師父。」

「你起來，戲園出事了。」

杜慶鑫睡眼惺忪，撐身坐起，抹掉嘴角流涎：

「出什麼事？」

「鬧出人命凶案，戲園被封了。」

「出人命凶案，誰死了？」杜慶鑫驚駭的猛地清醒了。

「善貝勒的手下被殺。」馬懷卿悲鬱的說：「慶鑫，戲園被封，我們的生路就斷了，班子裏二三十口人就靠鑼響吃飯，封了戲園子咱們就得喝西北風了。」

杜慶鑫愣著望他，濃眉逐漸緊縐：

「憑什麼封戲園子，誰封的？」

「九門提督恒老爺封的，說要等案破抓到兇手才能再開鑼……」馬懷卿斟酌猶豫，聲音瘖澀的說：「我看，你得去求芙蓉九爺—」

杜慶鑫張張嘴沒說出話，馬懷卿聲音有點哽咽了：

「只要能救戲園，活了班子生路，她，就是救命菩薩。」

「師父！」

「你在戲班挑梁，戲班活路都靠你了。」

芙蓉老九的依虹樓門外響起敲門聲，芙蓉和秋荷對望，相互露出詭譎笑容，秋荷輕聲說：

「來了。」

芙蓉含笑點頭，秋荷眉飛色舞的站起：

「我去開門。」她說著奔到窗前，推窗輕喊：「來了。」

秋荷輕盈歡快的奔下樓梯，打開門，看到門外站著恒祿，秋荷的笑容僵住了，恒祿見狀詫愕的說：

「咦，小丫頭，我嚇著妳了？」

秋荷瞬間綻開嬌笑，故意拉高聲音叫：

「喲，小姐正等著恒老爺來。燉了您最喜歡吃的桂花鵝掌，現在火候剛好。」她說著轉頭喊：

「小姐，恒老爺來了。」

秋荷喊罷閃身讓路：

「恒老爺請，我關門。」

恒祿進門上樓說：

「門關不關都不要緊，門口有人守著。」

秋荷聽著心裏暗驚，扶著門探頭向外張看，見巷裏停著軟轎，幾個配刀的扈從站在轎旁，秋荷轉眼籌思，正要抽身關門，驀地眼光發直的驚望著巷口，見杜慶鑫正低頭走進巷弄的另一頭，秋荷情急跳出門外，恒祿的長隨唐寶才看到她急步奔過來。秋荷吃驚的站住腳等他，唐寶才奔到她面前說：

「姑娘，請轉稟我們老爺，說鄭王爺急事相請，不能耽擱。」

「好。」秋荷欣喜的答應了。

唐寶才轉身退到轎旁，秋荷快步走到杜慶鑫面前，促聲說：

「杜老闆，請暫時迴避一下，恒老爺就要走了。」、秋荷說畢急奔進門，杜慶鑫轉身回頭走出巷口，秋荷奔上樓梯，奔進廳堂，一眼看到恒祿正擁抱芙蓉的纖腰，恒祿看到她縐眉鬆手，秋荷掩嘴笑著說：

「恒老爺，我什麼都沒看到。」

芙蓉羞窘斥責：

「看妳毛毛燥燥，什麼事？」

「恒老爺的長隨唐寶才說，剛接到衙門急報，說鄭王爺有急事，請恒老爺趕快過去、別耽擱。」恒祿變色說：

「噢，那我得走，芙蓉，對不起了。」

「嗯……」芙蓉撒嬌扭身表示不豫，恒祿再摟住她安慰說：

「鄭親王是我姐夫，他有急事我得馬上過去，明天我來，給妳帶一串日本珍珠。」

「誰稀罕珍珠。」芙蓉柔媚的在他懷裏揉偎；「明天你不來，我不饒你。」

「來，一定來。」

芙蓉掙開他，吩咐秋荷：

「秋荷送恒老爺。」

「是。」

恒祿向芙蓉揮手，急急離去，秋荷跟隨恒祿下樓，送出門外，眼望他的軟轎離去，然後疾步走到另一頭巷口，撫嘴輕喊：

「杜老闆—」

杜慶鑫從巷口暗影閃出，秋荷歎聲說：

「杜老闆，委屈你。」

「我有事求九爺，見官應當迴避。」

「您別這麼說，小姐對您的一番情意您該知道，她喜歡的是您的人品，您的戲，別說求，您的事就是她的事。」

秋荷等杜慶鑫進門上樓，轉身把門關住，上了門，還搖晃門板測試牢固，芙蓉聽得腳步聲早在樓梯口等候，杜慶鑫緊行數步奔到樓上，撲地在芙蓉面前跪了，芙蓉嚇一跳急忙跳開，伸手把他拉住：

「慶鑫，你這是幹嘛？」

杜慶鑫俯身叩頭說：

「九爺，求您跟提督老爺說情，別封園子，戲班幾十口人要活路，請提督老爺高抬貴手。」

「慶鑫，我哪說得上這種話？」

跟著上樓的秋荷插嘴說：

「說得上，恒老爺最聽小姐的話，您的話他敢不當聖旨嗎？」

芙蓉嬌斥：

「秋荷，妳瘋了？」

杜慶鑫再叩頭說：

「九爺，封戲園沒道理，人命案是在戲園外邊發生的。」

「總跟戲園脫不掉干系。」

杜慶鑫想再爭辯，秋荷強攙他起身，在他耳邊說。

「小姐在嘔你，怪你哪里竄出來個妹妹，你好話多說，她的心是軟的。」秋荷說著故意提高聲音：「小姐，妳說燉給杜老闆補氣的吉林野蔘，怕涼了，我去熱熱。」

秋荷故意向杜慶鑫眨眼後溜走，芙蓉裝做沒看見，坐到一邊去，杜慶鑫有點訕訕，芙蓉僵坐一會兒嬌嗔著瞟眼望他，見杜慶鑫烏黑油亮的辮子垂在肩上，低垂頭，更顯腰圓肩闊，衣服被堅實的肌肉緊繃著。他容貌並不俊美，但有股男性魅力讓女性傾倒，他舉動有些流氣，但自我約束很嚴，道德關防從不逾越。芙蓉曾動念引誘他，他卻能在緊要關頭挺住，芙蓉搞不懂他，對付他，變得沒自信了。

芙蓉看著他嘆氣，說：

「你外號叫棒棰，這外號起絕了，真是不通氣。」

恒祿趕到鄭親王府、王府的總管德良，帶領著恒祿穿廊過戶走到小花廳門外，乾咳一聲輕喊說：

「稟王爺，舅老爺到。」

德良推開門，側身肅請恒祿進內，恒祿進門向滿臉焦急迎過來的鄭親王端華打扦、端華埋怨的抓住他說：

「你到哪去了，我到處找你。」

恒祿支吾說：

「大柵欄慶昇戲園鬧人命案子，我，我帶人到現場勘察……」

「人命案有京畿巡檢營跟順天府的捕快，哪兒輪到你？」

恒祿囁嚅說：

「本來也用不著我出頭，因為死的是善貝勒的家丁，所以……」

端華失驚錯愕：

「善貝勒？善保？」

恒祿點頭，端華凝息瞬間拉著恒祿到臥榻坐下，抹鼻煙，手簌簌的抖著，恒祿看著駭異，叫：

「姐夫—」

端華衝口說：

「琥珀失蹤了。」

「嗯？」

端華抬起頭，眼眶含淚：

「你外甥女琥珀失蹤了。」

「您說琥珀？」

端華聲音顫抖：

「半個月前，我扈蹕聖駕到熱河，康慈皇太后突降懿旨，說要把琥珀賜婚給貝勒善保……」

「賜婚給善保？」恒祿也悚動驚愕。

端華袖裡摸出絲巾，揩拭眼眶，眼眶紅澀著：

「善保是太后的嫡親內侄，太后十分寵愛，皇上仰體慈懷也格外加恩，優渥對待，我奉旨謝恩急報回府命琥珀準備遣嫁，琥珀知道嫁期逼近，就帶著婆子丫頭到西郊白雲觀降香祈福……」

「怎麼失蹤的？」

「不知道。」端華搖頭說：「去了就沒消息了。」
「丫頭婆子呢？」
死在白雲觀，據說死的時候道院正在失火。
「這事怎麼不早讓我知道，要是我知道，咦？」恒祿驚喊半聲跳起來：「難道……」
恒祿腦子裏飛快閃過戲臺上糾纏杜慶鑫的胭脂，他的頭博浪鼓似的搖著：
「不不，不可能……」
端華顫抖的問著：
「你到底知道什麼？」
恒祿再捽身坐下，搖頭說：
「姐夫，您先別難過，這事交給我，我一定查個水落石出。」
端華激動的拍桌：
「沒時間等你查了，琥珀要遣嫁呀，恒祿，無論如何要儘快找到琥珀的下落。生、死、確實就好，否則太后怪罪我蓄意違旨規避親事，眼前就是臨頭大禍。」
「臨頭大禍，為什麼？」
端華焦燥的再曲指擊桌：
「唉、你忘記廿年前那樁恩怨了？」

恒祿顯露驚恐，瞪目翹舌失色了。

夜深寂靜，慶昇戲班有人敲門，馬扣兒把門打開，門外站著穿捕快公服的丁卯，扣兒驚駭變色，丁卯說：

「我找杜老闆。」

「我師哥不在。」扣兒情急辯解：「戲園的命案跟他沒關係。」

丁卯笑說：

「我知道，我找他是私事。」

「私事？」

「對、私事，你轉告他務必在天亮前到我家來一趟，我住籬笆胡同，他去過。」

丁卯拱手退走，扣兒愣著，難掩焦灼惶惑。

杜慶鑫在依虹樓已喝得半醉。他滿身燥熱，拉開領口敞開胸膛，浮突的胸肌迸射著陽剛的誘惑，芙蓉微笑著望他，眼光露著詭譎，秋荷在桌旁斟酒，溫柔的在杜慶鑫耳旁哈氣說：

「要覺得熱，就把衣服寬了。」

秋荷說著動手幫他寬衣，杜慶鑫閃躲著舌頭僵硬的推辭說：

「別別，脫衣服犯忌諱。」

「犯什麼忌請？犯誰的忌譚？」

「犯我的忌諱。」杜慶鑫反把敞開的胸衣扯遮住：「我從小被戲班裏的琴師侯叔帶大，他規定我不准在別人面前脫衣，因為……」他神秘的掩嘴悄聲：「我肩膀紋身刺了個獸頭，是我的命宮，不能見光，見光我就會倒楣了。」

芙蓉嗤笑：

「見光倒楣，那是騙小孩子的。」

「真的。」杜慶鑫凝色說：「我這個獸頭刺得很兇猛，我自己照鏡子看了都怕。」

「你這樣說，我倒真想看看。」

芙蓉故意伸手到他腋下，作勢解扣，杜慶鑫凝色搖手：「別別，真的犯忌。」

「杜老闆害臊，瞧臉都紅了。」秋荷搧風點火吃吃笑著也偎過來了，杜慶鑫腹背受迫，躲無可躲，心裏一急，扭身離座跳開了。

芙蓉怫然噘嘴，向秋荷說：

「哼，秋荷，你是黃花閨女，跟他猜拳賭，我不信剝不下他的衣服。」

秋荷愣住：

「我、我？」

芙蓉眼中閃過凶光厲色：

「怎麼，杜老皮跟你拼，還辱沒你了？」

秋荷不敢再說話，芙蓉轉向杜慶鑫說：

「你們倆猜拳，輸的脫衣服喝酒隨自己挑。」

這個陰損的辨法，沒多久就把杜慶鑫灌醉了，秋荷也脫得只剩褻衣，滿臉酡紅，身軟如棉，吃吃嬌笑。

杜慶鑫被兩個女人七手八腳的抬到床上，芙蓉動手脫他衣服，杜慶鑫總是蜷曲側臥無法順利把衣衫脫掉。

芙蓉和秋荷都累得香汗淋漓，仍無法得窺他肩頭刺青的全貌。

折騰到雞鳴四起，天色濛亮，兩人都筋疲力竭，秋荷的酒也醒了，積了滿腹心焦鬱火，恨聲說：

「這傢伙還真難整。」

「乾脆，下藥。」

芙蓉眼中凶光再露，輕聲堅決：

「下藥只能迷昏他一次，他會驚覺，以後再想覆驗就難了。」

「看一次就行，驗實無誤就剁了。」

「剁？」秋荷失聲說。

「噓……」芙蓉美豔嬌麗的臉龐再顯凶厲，揮手說：「去，快拿水滲藥。」

秋荷奔向屏後取水，芙蓉重回到床前，撩帳向杜慶鑫探視，杜慶鑫鼾聲如雷睡得正熟，年青的臉上浮漾著嬰兒般的稚笑，芙蓉縐眉猶豫，秋荷端著碗水奔到她身後，她回頭詢問的指碗，秋荷點頭。芙蓉伸手推搖杜慶鑫，並喊著：

「慶鑫、醒醒、喝水囉。」

杜慶鑫被她搖醒，眼光惺忪矇矓著，芙蓉再推他說：

「你剛叫口渴要水，水來了。」

杜慶鑫愣著望她瞬間，猛地坐起，跳下床，找鞋穿了，邊穿邊問：

「現在什麼時候？」

「交五更，快天亮了。」

「啊？」杜慶鑫失聲驚叫著抓了外衣竄身就走，事出突兀，芙蓉和秋荷都被他的舉動駭住，杜慶鑫衝到門口又轉身回來，跪地向芙蓉叩頭：

「求九爺賞飯吃，無論如何向提督老爺說情，給戲班一條活路。」

他說罷叩個響頭轉身就跑，登登跳著衝奔下樓，秋荷驚醒追喊：

「呃、喂喂、杜老闆……」

「別追了。」芙蓉寒聲說。

「小姐，不能白讓他走。」

「算他走運。」芙蓉冷笑著走到窗前望樓下杜慶鑫背影：「讓花臉獾他們去搞。」

回到慶升戲班，杜慶鑫推開自己的房門，見馬扣兒蜷臥在榻上睡著，聽得門響她驚醒，杜問她：

「妳怎麼睡這兒？」

「我等你，大夥都六神無主、你跑哪去了，一整夜？」

「師父叫我去求芙蓉老九。」

「要求她一整夜嗎？」扣兒激憤的說。

「我喝醉了。」

「喝醉，你還有心情喝酒。」

杜慶盡厭煩的脫衣，在椅上坐了：

「行了，你少煩我，我要睡覺。」

「大夥都跟熱鍋螞蟻一樣等你回來，爹也在等你的消息，你還睡覺。」

杜慶鑫無奈歎口氣，重新抓起衣服說：

「好，走吧。」

杜慶鑫住屋在戲班跨院西廂，他穿衣尚未出門，前院大門就被提督衙門的捕快衝開、黎明即在院裏練功的演員，驟受驚嚇都張惶無措，一群捕快身後，恒祿走進門內，隨侍的郝長功吼叫：

「提督老爺到門，跪迎。」

演員等都驚慄相望。郝長功暴喝：

「跪下。」

演員都受驚震駭，驚恐的跪了，郝長功再喝：

「誰是班主？」

馬懷卿慌張從屋內奔出，跪下：

「草民馬懷卿……」

郝長功不等他說完，指喝：

「捆了。」

幾個捕快抖開鎖煉捆綁馬懷卿，劉慶奎、傅慶香、丁慶貴都情急奔前阻撓，被捕快橫刀擋住，劉慶奎哀求說：

「總爺，冤枉啊……」

恒祿負手走到馬懷卿面前，俯首望他，聲音冷森的說：「叫什麼名字？」

「草民馬懷卿。」

「馬班主，昨晚那出「鍾馗」唱得熱鬧呀，戲裏串戲，有聲有色……」恒祿森冷的聲調陡變凶厲，他切著牙齒，從齒縫中嘶出聲音說：「那個串戲的姑娘呢？」

馬懷卿急辯說：

「草民不知道，昨天晚上……」

馬懷卿說到一半被恒祿一腳踢翻，捕快衝前抓起他，馬懷卿已血流滿臉，恒祿抬腳托起馬懷卿的下巴獰聲說：

「你識相就老實招供，別等捆進提督衙門大牢，受盡皮肉痛苦再招。我再問你，那個姑娘呢？」

馬懷卿哀叫：

「草民真的不知道。……」

恒祿再狠踢一腳，怒喝：

「帶走。」

捕快兇暴的拖拽馬懷卿，馬懷卿驚怖哀號，恒祿掃望跪地的演員等，問：

「杜慶鑫怎麼沒在？」

丁慶貴驚恐的抖顫著：

「回老爺話，昨晚上杜慶鑫澈夜未歸。」

恒祿微愣，森森白牙呲著：

「噢，跟那個小妞睡去了？」

跪在地上的演員沒人敢開口，恒祿走到丁慶貴面前，慶貴嚇得篩糠似的抖著，恒祿說：

「杜慶鑫回來，叫他馬上到提督衙門見我，那個姑娘，是朝廷要找的人，誰找到她，護送到提督衙門我有重賞。」他說著伸開五指：「五百兩銀子。」

恒祿轉身離去，郝長功，捕快等拖架著馬懷卿跟隨，他們剛走出門外，杜慶鑫和馬扣兒從角門走進戲班院裏，丁慶貴看到他們，激怒的衝前指責：

「你這個掃帚星惹下大禍，害師父替你背黑鍋被提督衙門抓去了。」

扣兒聞言臉色頓時煞白，身軀搖晃站立不穩，杜慶鑫急忙扶住她，問慶貴：

「這是多久前的事？」

「就在剛才，我看你是明知道，故意躲避。」慶貴憤恨的指他：「都是你惹的禍害，提督老爺臨走還撂下話，叫你自己去提督衙門，交出你撿的那個丫頭。」

杜慶鑫咬牙決然：

「好，我就去提督衙門說清楚。」

扣兒緊扭住他攔阻：

「不不，二哥，你別去。」

慶貴憤怒的扯開扣兒的手：

「妳還護著他，我們早晚被他害死了。」

杜慶鑫轉身衝奔跑出，扣兒哭喊著要追趕、慶貴藉勢攔阻、把扣兒抱住。

胭脂滿頭冷汗，在夢魘裏呻吟輾轉，她驀地驚醒，霍地挺身坐起。喘息著驚慄的凝思，腦中一片混沌，不覺痛苦的抱頭，把頭臉深埋在雙膝間瘖聲啼哭。半響她抬起頭，怔忡馳想，眼前突地閃過杜慶鑫的臉形，她失聲叫：

「哥哥……」

她呼喊著急跳下床，奔到門前拉門，門反鎖著拉不開，她極度不安的驚恐又襲上心頭，驚怖地嘶喊著：

「哥、哥哥……」

門外丁卯正跟齊嬤嬤說話，聽得胭脂叫喊撞門，齊嬤嬤說：

「她醒了。」

「這裏偏僻，讓她叫別理她，只看好別讓她跑出去就好。」

齊嬤嬤點頭答應：「你什麼時候回來？」

「我去衙門應個卯。」

「耽會那個唱戲的來了怎麼辨？」

「留住他，等我回來。」

「好。」

丁卯戴上帽子走出。「砰砰」連響，胭脂擲物砸門了。

寂靜曲折的胡同裏，在戲園搗亂的華服小孩猴兒，咬著糖葫蘆悠閒的走過、「砰砰」砸門聲從路旁的氣窗裏傳出，猴兒好奇站住腳，屋裏傳出胭脂的喊叫：

「放我出去，不要關著我」

猴兒刁鑽機靈的眼珠轉著向胡同巡逡，看到路旁屋角一堆爛磚，他跑過去搬磚到氣窗下，攀牆爬上去踩著，墊腳伸頭剛好構到窗格，他看到窗內胭脂用腳凳砸門，撮唇噓聲叫：

「噓、喂……」

胭脂聞聲回頭望他，驚愕著，猴兒悄聲叫：

「呃，妳幹嘛被關？」

「我—」胭脂被他問得愣住，張口結舌。

猴兒再問：

「你是誰？」

「我……我忘了，我哥哥叫我胭脂。」

「嘿嘿，別逗了，哥哥叫妳胭脂，弟弟叫妳什麼？」

「我沒騙你。」胭脂眼眶殷紅的說。

猴兒凝目望她：

「難怪被關，敢情妳得失心瘋了。」

「我沒瘋，求你放我出去。」

猴兒腳下磚塊搖晃要倒，他勉強穩住，手攀著窗框腳抖著，轉著眼珠想，悄聲問：

「外邊誰看著妳？」

胭脂搖頭，猴兒瞅著她搔頭，眼珠機靈的轉著，片刻眼中露出捉狹神色，高聲怪叫：

「呃呃，妳不能跳窗戶，危險，會摔著。」

胭脂被他叫得發愣，叫聲傳到屋門外，齊嬤嬤驚得跳起，奔向屋門開鎖，猴兒聽得開鎖聲揮手急趕胭脂向後躲避，胭脂張惶，聽命奔到門後躲了。齊嬤嬤推門衝進，見屋內沒有胭脂，急亂的衝到氣窗前，探頭向窗外尋找。躲在窗外牆下的猴兒猛地跳起一把抓住齊嬤嬤的頭髮，齊嬤嬤痛極驚叫。胭脂嚇呆著，猴兒急喊：

「跑、快跑……」

胭脂跳起衝出房門跑走，齊嬤嬤掙扎，雙手抓打，扭著猴兒的衣袖撕扯，手背也被她抓流血了。

胭脂去而複回，又跑回屋內，猴兒忍痛跳腳：

「妳怎麼又回來了？」

胭脂頹然坐在椅上：

「我不能走，他們說哥哥要來找我，我要等哥哥。」

猴兒猛掙鬆開齊嬤嬤的頭髮跳下地，因掙得過猛，一屁股摔倒，他氣得眼珠差點沒爆，怒罵著：

「瘋子，妳耍我。」

在提督衙門班房，郝長功鼓著眼睛向面前的捕快瞪著：

「上頭有嚴令，叫咱們找一個姑娘。」

他眼光冷厲的掃過丁卯、羅青峰、老區和一些捕快的臉。被他眼光掃過的人都毛骨悚然，他接著說：「上頭沒說這個姑娘是誰，只提示幾個特點：一、十五六歲年紀，二、模樣漂亮。三、身份尊貴。四、只准暗裏加急尋找，不准到處張揚。找到馬上送交提督老爺，有重賞。」

郝長功說著眼光凝注在羅青峰臉上：

「找到屍體也算數，不過屍體不准移動，要稟報提督老爺勘驗。」他跨步走到羅青峰面前：「老羅，你綽號朝天珠，眼珠子長在頭頂上，別人只看到眼前當世，你能洞察天界、窺望八方，這椿事就交給你統提調，限期十天，上頭斬釘截鐵撂下兩句話：『找到這個姑娘重賞升官，找不到狗腿打斷，大牢養傷。』」

羅青峰膽寒退縮，尷尬陪笑：

「頭兒，我……」

郝長功把虎頭朱籤擲給他：

「丁卯幫你、來，接籤。」

羅青峰抓著紅頭朱籤像抓著火棒一樣的臉色慘變了。

郝長功走進簽押房打扦、向恒祿說：

「卑職遵命發下紅簽、都照老爺的話說了。」

「好，帶馬懷卿。」

郝長功站起向外喝：

「帶馬懷卿。」

門外兵弁轟應，片刻推拖著帶進滿身血污傷痕累累的馬懷卿，兵弁按著他在恒祿腳前跪倒，馬懷卿以頭觸地哀號：

「老爺，草民冤枉……」

恒祿驟起一腳猛踢馬懷卿的頭臉，馬懷卿被踢得慘吭著摔滾到地上，恒祿起座走他身邊，抬腳踩住他的臉肤，獰聲迸出齒縫說：

「那個姑娘你們到底藏在哪，嗯？」

「冤枉，草民確實冤枉……」

恒祿踩著馬懷卿的臉脥，揉搓得他唇齒一團血肉模糊，馬懷卿慘叫哀嚎，逼得衙門岑師爺趨前勸說：

「東翁節制，有礙官箴……」

恒祿再踢一腳走開，回頭獰視著郝長功說：

「姓馬的交給你，天黑以前給我追出結果。」

「是。」郝長功噭應著揮手指揮捕快：「拖走。」

捕快等粗暴的拖架著馬懷卿出門，馬懷卿嚎叫，捕快以他髮辮繞勒住他的脖子，扼住他的叫聲。恒祿焦燥的擊桌向岑師爺說：

「這姑娘干系太大，我心裏急得像火燒！」

杜慶鑫急步走過僻巷，他神情焦慮，額頭熱汗流淌著，迎面走來猴兒，認出他，張臂攔在他的面前說：

「呃，唱花臉的杜慶鑫，我認得你。」

杜慶鑫沒理他，想繞過去，猴兒仍攔著他，跟著他往後跳退著：

「喂，我最喜歡你噴火那個架式，你教我，我拜你為師。」

「別擋路！」杜慶鑫鬱怒得青筋暴突，伸手撥開他：「想學戲，你吃飽撐了！」

猴兒被撥得踉蹌，怒喊：

「哎，我瞧得起你，才給你臉，你踐個屁！」

他突地見到屋角站著一個胯刀捕快，不覺把話吞住，屋角站著的丁卯跨步堵住杜慶鑫說：「杜慶鑫，提督老爺傳喚，你跟我走。」

杜慶鑫微愣，見丁卯向他擠眼，暗比手勢，就不做聲的站住。丁卯扣住他的手腕扭到背後推他，兩人快步走向屋角隱去，猴兒看在眼裡心裡起疑，輕悄的在後跟蹤盯著。

丁卯沒往提督衙門走，他一路警戒，心虛防著有人追蹤窺視，走著不停的回頭張望身後。小猴閃縮著不敢靠近，直追到宣武門外一條暗巷，見他們在一處民宅前站住，這處民宅小猴來過，正是他路見不平要救胭脂，隔窗抓扯齊嬤嬤頭髮的地方。

丁卯放開杜慶鑫的手敲門，齊嬤嬤把門打開，丁卯推杜慶鑫進內，兩人都沒說話，等齊嬤嬤打開房間門鎖，見胭脂坐在房內。

胭脂驟見慶鑫，驚喜得跳起撲向他。她緊摟著慶鑫含著眼淚歡笑跳躍，嘴裏不停的喊著：「哥，哥哥……」

杜慶鑫推開她，按她在椅上坐下說：

「胭脂，妳認真想想，妳到底是誰？為什麼提督衙門跟善保貝勒都急著找妳？」

「我想不起來，什麼都想不起來。真的！」胭脂搖頭緊抓著杜慶鑫的手說。杜慶鑫再問：

「妳是抄家漏網的欽犯嗎？」

胭脂再搖頭，杜慶鑫神情焦燥：

「還是妳犯了王法，招惹了那家皇族親貴了？」

杜慶鑫和胭脂說話，丁卯乘隙向齊嬤嬤囑咐幾句話轉身離開。慶鑫說：

「我師父因為妳被抓進提督衙門，我要把妳送官救我師父，胭脂，妳不要怪我。」

齊嬤嬤在旁插嘴：

「什麼？你要送官？要送官丁卯不會自己帶去？還要折騰著找你來？再說這小姑娘這麼依賴你，你真忍心送她去死？」

慶鑫痛苦地望著胭脂，胭脂信賴的緊緊抓住他的手，向他偎靠，齊嬤嬤氣憤的催促著：

「好好，隨你，你師父關在提督衙門，沒有胭脂還能抵賴，你把她送去，正好坐實你師父藏匿欽犯的罪，想賴都不能賴了。」

杜慶鑫臉色煞白，瞬間又脹紅，顯示心頭掙扎的劇烈，齊嬤嬤撇嘴說：「丁卯說你是條漢子，我看你一身軟骨頭。丁卯拼著腦袋幫你救人，你倒想把她往死裡送，要走就快走，別賴在這裡煩我！」

杜慶鑫決然說：

「好，我帶她走，請轉告丁捕頭，盛情容後答報。」

杜慶鑫拉著胭脂出門，猴兒躲在牆角，齊嬤嬤「碰」地把門關上，杜慶鑫側臉望胭脂，厭憎溢形於色，胭脂怯懼的叫：

「哥！」

杜慶鑫深深吸氣，痛苦的轉開臉，拉著胭脂快步走出胡同，猴兒在後跟著。他們轉過胡同拐角，隱去身影，丁家關閉的大門又開，齊嬤嬤探頭張望，快步追出來。

齊嬤嬤滿身汗濕的回到自己家，推開門，抬袖抹汗，關門轉身走進院子，見幾個貝勒府的惡漢站在院中，她心頭驚跳，腳下顯得躊躇。房內椅子上懶散的坐著善保，安春喜站在椅旁伺候，齊嬤嬤怯懼的走進屋內，向善保蹲地萬福：

「給貝勒爺叩頭！」

「他們哪去了？」

「杜慶鑫帶走那個姑娘，說要把她送進提督衙門，救他師父⋯⋯」

善保霍地挺身坐直，安春喜安撫說：

「主子別急，聽她說清楚。」安春喜轉頭問齊嬤嬤：

「妳親眼看到他們進提督衙門了？」

「沒有，杜慶鑫一路都猶豫反復。在丁卯家裡我照著總管教的話挑撥他，讓他心懷不忍把丫頭藏起來，後來他把丫頭帶走，我跟著他們實在跟不上就跟丟了。」

安春喜斥責：

「把丫頭帶去哪兒了，妳不知道？」

「老身跑得腿肚子打顫，實在跟不上他們。」

安春喜伸手指點她：

「妳這個老幫子活得不耐煩了，把貝勒爺交辦的事當兒戲。」他陡轉獰聲：「現在馬上去找丁卯，弄確實小姑娘的下落。再囫圇吞棗藉故矇混，就抖出妳五百兩銀子賣丁娟的髒事！」

齊嬤嬤身軀猛震抬起頭，安春喜獰聲笑：

「丁卯要是知道是妳這樣賣他妹妹，會把妳大卸八塊生剝了。」

齊嬤嬤臉如死灰的混身抖顫，踱蹌著衝出門外。善保怒目瞪他：

「嚕裏巴蘇的折騰什麼？乾脆一刀宰了不乾淨俐落，當初就是你說在白雲觀『會仙福地』不能殺人，才讓這個丫頭陰錯陽差的逃出手，現在又兜這些圈子，萬一姓杜的真把她送進提督衙門，『禿狼』恒祿逼供手段狠毒，要是她招出在白雲觀看到的，我不慘了？」

安春喜奴顏諂笑的說：

「主子放心，她進不了提督衙門。」

「既是進不了提督衙門還玩什麼？一刀砍了不就算了？」

「主子，不能砍。」

「怎麼不能砍？」

「昨晚以前砍了她神不知鬼不覺，今格她是提督衙門要找的人，砍了她早晚會追到咱們，主子不怕恒祿，可是您喜期近了，太后懿旨賜婚，要娶鄭親王的郡主進門，這時候被恒祿找上麻煩，不煞風景嗎？」

善保默認點頭，安春喜聳肩再說：

「所以奴才有個設計……」

「你的餿主意真多，恒祿到底為什麼要這個丫頭？打聽出緣故沒有？」

「還沒，只知道提督衙門為了找她，已經攪得雞飛狗跳了。」

善保焦躁縐眉，安春喜諂諛地在他耳邊輕聲說：

「主子放心，奴才這個設計穩妥扎實，眼前這把火燒得再猛，也燒不到您一根寒毛。」

善保衝身站起：

「唉、這個禍害不除，我心裏踏實不了。」

「主子盡放寬心，奴才敢拿這顆狗頭擔保。」

「好了，明天鄭親王府下聘納采，我耽會還要到綺春園叩覲太后謝恩，這樁事就交給你了。」

善保出屋大步離去，安春喜在後像狗樣的搖尾跟著。

一隻手抓向杜慶鑫的肩膀，杜慶鑫驟驚竄起跳開，把胭脂拉到身後擋住，擺出架式，彎腰把靴筒裡的尖刀拔出，抓他的秋荷被他凶厲的神情嚇住，瞠目結舌的退開。杜慶鑫認出是她，緊繃的神經仍沒放鬆，秋荷撫著胸口責怪說：

「杜老闆，你要嚇死我？」

杜慶鑫臉上漸湧血色：

「噢，是秋荷。」

秋荷伸著頭望他背後的胭脂

「喲，好漂亮的姑娘，誰呀？」

杜慶鑫仍把胭脂擋在身後，問秋荷：

「妳怎麼在這兒？」

「我到雍和宮旁邊的藥鋪拿藥。」她說著揚起手中藥包：「小姐吃慣了這家藥鋪的方子⋯⋯啊，我認出來了，她就是跑上戲臺叫你哥哥的，對，准沒錯。」

秋荷說著拉扯杜慶鑫：

「真是巧，小姐讓我找你，不想半路就碰到了，走，帶著這位姑娘給小姐看看去。」她說著扯開杜慶鑫打量胭脂：「嘖嘖，真漂亮，小姐看到一定喜歡死了。」

秋荷帶回杜慶鑫，走到廊下想放下遮陽竹簾，聽得樓下有奔跑的腳步聲，探頭向下瞧，看到安春喜帶領惡仆奔過的身影。回頭向芙蓉擠眼露笑。芙蓉問她：

「下邊有什麼稀奇景緻？」「幾隻野狗在胡同裏跑，像聞到什麼。」

芙蓉縐眉乾咳：

「別理它。」芙蓉望著胭脂說：「這個姑娘說把姓名都忘了，我不信。」

杜慶鑫肯定的點頭：

「是真的，九爺，她真的都忘了。」

芙蓉凝色再望胭脂，胭脂偎在杜慶鑫身旁，低頭沈默，芙蓉說：

「慶鑫，你是京師菊壇響當當的名角，坐科苦練加上機遇天賦才掙得今天這種聲名，慶昇戲班幾十口人都靠你撐場面，你為了她，把一切都賠上，甚至豁出性命，值得嗎？」

「我身不由己，當初是一念不忍才檢了她……」

「真是撿的？」

「真的。」杜慶鑫著急的衝身站起、芙蓉冷笑：

「既是撿的，你跟她非親非故何苦為了一個不相識的人賠上身家性命，要不就是你迷戀……」

杜慶鑫猛地擊桌，胭脂驚恐的緊緊把他的手臂抱住，芙蓉冷聲說：

「我說錯話了？」

杜慶鑫忍怒，臉色脹紅：

「九爺，我杜慶鑫身在梨園，是個戲子，身份雖卑賤，卻絕不會做傷德敗行的事，你這話侮辱了我，蹧蹋了她，我不服這口氣。」

芙蓉噗嗤笑出口，她扯下腋間的綾巾掩著嘴唇向杜慶鑫瞅著，眼睛水汪汪的，噙著笑：

「別生氣，我是好意。」芙蓉斂去笑容說。

「九爺的好意我心領，本來想再請九爺向提督恒老爺求情，既然九爺這麼看輕我杜慶鑫，我也不想再說，生死由命就豁出去，告辭了。」

杜慶鑫拉著胭脂轉身就走，芙蓉眼裏殺機再現，站起欲攔，旋又停住腳步。杜慶鑫下樓出門，走遠，秋荷看著他背影，著急的說：

「妳怎？讓他走？」

「哼。」芙蓉露出微笑：「這個棒槌，真是個杠子頭。」

秋荷顯出不快，低下頭把情緒忍住。

簽押房寬敞明亮，是處理文書公務的地方，恒祿懶得握筆讀書、就把這裏當成他鍛煉體魄的健身房，屋裏槍刀劍戟羅列，石鎖啞鈴散擱在地上。一陣鐵鏈聲響，馬懷卿衣破體傷的又被鎖著脖子帶進簽押房。他被帶到恒祿面前，按著跪在地下，恆祿雙眼赤紅的問郝長功：

「問出結果沒有？」

「回老爺話，他抵死不招。」

馬懷卿顫抖著磕頭觸地，哭喊：

「老爺，草民冤……」

恒祿猛踢一腳，踢得馬懷卿話聲中斷，他獰聲從齒縫裏喊：

「拶子！」

「是。」郝長功應聲喝：「拿拶子。」

捕快等轉眼間把拶子丟在馬懷卿身邊，恒祿說：「姓馬的，我沒時間跟你磨蹭，招出實話你少吃苦，不招就夾斷你十根手指頭。」

馬懷卿蜷曲著抖顫：

「冤枉……」

恒祿截聲：

「上拶。」

捕快等撲前抓起馬懷卿，把竹拶纏套上他兩掌手指，馬懷卿哀嚎掙拒，捕快手拉腳踩壓制得他無法動彈，恒祿喝：

「收！」

捕快左右猛抽拶繩，馬懷卿痛極切齒嘶出嚎叫聲，恒祿冷酷的喝：

「放！」

捕快等應聲鬆繩，馬懷卿手指間鮮血流濺，拶指黏連，深陷皮肉，恒祿再問：

「馬懷卿，那個姑娘現在哪里？」他暴聲吼叫：「說！」

馬懷卿咬牙抖顫：

「老天作證，我實在不知道……」

恒祿獰笑：

「哼，你大概當我說話是放屁，郝長功！」

「在。」

「你接手！」

「是。」

郝長功推開一個捕快，抓住拶繩繞腕抽緊，岑師爺急趨向前在恒祿耳邊低聲阻攔：

「東翁，朝律簽押房不可用刑……」

恒祿推開他：

「你別管，今格一定得問出結果。」

恒祿說著猛地揮手，郝長功應聲抽繩，馬懷卿痛極挺跳，手指響起崩裂的脆聲。馬懷卿痛昏暈死，郝長功收繩說：

「大帥，暈了。」

「弄醒！」

「是。」郝長功轉臉喝：「水！」

捕快拿花瓶傾水淬淋到馬懷卿頭上，馬懷卿仍僵臥不動，郝長功踢他：

「起來，別裝死。」

馬懷卿僵臥如故，岑師爺驚疑趨前按摸馬懷卿頸間脈博，變色說：

「糟糕，死了！」

恒祿震驚：

「死了？」

岑師爺再探摸馬懷卿心胸，搖頭：

「死了，脈象，心跳都沒了。」

恒祿愣立無措，岑師爺站起厲色向捕快說：

「你們聽著，這姓馬的是死在牢裏。」他說著加重語氣：「死在牢裏，聽清楚了！」

捕快等齊聲應是，岑師爺再說：

「把屍體送回牢房，明天再叫仵作驗屍，嗯？」

郝長功揮手，捕快等把馬懷卿屍體抬出，岑師爺急趨到恒祿身旁，埋怨：

「東翁，簽押房提刑，犯禁吶！」

恒祿沒理他，滿臉困惑的自語：

「奇怪，斷了十根指頭，不致猝死，難到我剛才那一腳踢傷他內臟了？」

他心頭疑惑，親自追進牢內勘驗，最後在馬懷卿的頭髮裡找出插在肉內的一支烏黑毒針。他難以置信的衝口驚說：

「苗疆吹針？戲班跟江湖人有牽扯？」

街道上杜慶鑫拉著胭脂急步快走，胭脂腳步跛簸，顯出痛苦模樣，杜慶鑫發現，停步問她說：

「妳怎麼了？」

胭脂可憐的怯聲說：

「鞋太小，腳指頭磨破了。」

「鞋太小？」

「我穿的是丁卯妹妹的鞋子跟衣服。」

「噢！」杜慶鑫憐惜的說：「要不妳拖著，別穿了。」

胭脂順從的脫下鞋趿著走幾步試腳，杜慶鑫問她：

「還疼嗎？」

「破的地方還疼，不過好多了。」

杜慶鑫不忍，蹲下說：

「來，讓我看看。」胭脂扶著他肩膀脫鞋抬腳給他看，杜慶鑫看到她腳指磨破，血跡溷然，他說：

「磨破水泡流血了！」

胭脂少女的嬌羞，縮腿扭頭埋臉，杜慶鑫掏出手帕把她的傷口裹住，胭脂哽聲說：

「都是我拖累哥哥……」

杜慶鑫幫她套上鞋，正要站起，突聽身後丁慶貴譏諷的挖苦說：「喲喝，瞧這親熱勁兒，要舐腳指頭了。」

杜慶鑫、胭脂受驚轉過頭，見丁慶貴和馬扣兒在不遠處站著，扣兒情緒激動，哽咽說：

「二哥，你出來這麼久沒消息，我們都急死了。」

丁慶貴積憤的譏諷著：

「我們急，他不急，瞧，這幸虧是在馬路上，要是在隱蔽的地方，說不定就抱著舔上了。」

杜慶鑫怒聲叫：

「丁貴，你嘴上留點德。」

丁慶貴冷嗤，尖酸的說：

「你嗓門高，在戲台上唱花臉，在馬路吆喝，難道想改行要飯，唱道情了？」

扣兒跺腳怒斥：

「丁貴」

丁慶貴激憤的向慶鑫戟指：

「師妹，妳親眼瞧見了，這像人嗎？說什麼找芙蓉老九說情救戲班子，卻在這裏抱妹妹的臭腳，他心裏哪還想著我們？

「你少說一句！」扣兒哭聲叫。

丁慶貴握拳怒目爆發了：

「我幹嘛要少說，我哪一句說錯了？」他臉脹筋暴的怒指杜慶鑫：「戲班幾十口人眼巴巴指望他，他卻在這裏吊膀子調情，他媽的，都是這個騷貨……」

丁慶貴衝前要打胭脂，慶鑫暴怒難忍出手攔阻，慶貴轉打慶鑫，兩人在盛怒下互毆，胭脂嚇得抱頭躲到一旁，扣兒情急衝前拉架，被他們推開摔倒，她哭著叫：

「別打了，你們都住手！」

胭脂驀地痛哭，轉身狂奔著跑走。

杜慶鑫見胭脂跑走著急，猛攻一拳打倒慶貴，欲隨後追趕，慶貴怒極瘋狂從靴筒拔出尖刀，扣兒驚怖撲過去抱住他，叫：

「丁貴，你瘋了？」
慶貴憤恨得咬牙說：
「我受夠了他的窩囊氣，今格豁出去了！」
扣兒厲聲說：
「你殺他先殺我！」
慶貴捽開扣兒竄起追殺杜慶鑫，刀鋒沾衣的霎那，斜裏衝出侯成棟，一把抓住慶貴的手腕，奪下尖刀，並揮掌痛摑，把慶貴打得衝向街旁，慶貴怒極狂亂奔出再撲慶鑫，侯成棟迎面抓住他，厲聲叫：
「你們師父死在提督衙門，你們還有心打架！」
慶貴愣住，慶鑫失聲喊：
「師父……」
扣兒身體癱軟，暈倒，慶貴看到奔過去把她攙住，侯成棟吩咐：
「丁貴送扣兒回去，好生照顧，慶鑫，你找到那個女孩沒有？」
「剛才還在這，後來嚇得跑了。」
侯成棟截聲說：
「去追她，不要放她走。」

慶鑫愣著抹拭嘴角血跡，候成棟推他：

「快去，務必把她找到。」

杜慶鑫和候成棟奔跑著離開，慶貴攙扶著扣兒走，扣兒驀地清醒，把他推開：

「你走，我自己回去。」

「師妹……」

扣兒雙手亂搖著後退，退到牆角：

「你走，不要管我！」扣兒悲慟崩潰，蹲到牆腳抖顫著痛哭，慶貴僵立，愣望著。

入夜，閃電刺眼，沈雷隱隱響著。

街道淒清，黃葉隨著勁風捲飄，昏黑冷寂的街旁，胭脂蹣跚著沿牆走，她身形孤零，腳步虛浮，像隨時要摔倒。巷口燈籠飄搖，牆邊一堆剛焚的冥紙灰燼隨風飄飛，一片紙灰飛到胭脂臉上，她無意識的拂去，驀地閃電耀眼，跟著一聲霹雷，胭脂驚恐抱頭，蜷縮著在牆腳蹲了。

轉眼間大雨落下，雨水淋澆在匆促走過的杜慶鑫身上，他混如不覺。雨水的淋澆讓他混濁的頭腦清醒，他心頭有股烈火在蒸騰燃燒，想到師父的死，他悲痛澈心，牙根咬得格格發響，一種憤極抗拒的情緒，在胸腔翻攪。他不知道，救援一個落難的女孩到底有什麼錯。

杜慶鑫經過胭脂身旁，瞬間的閃電亮光讓他看清她的輪廓，胭脂蜷縮在牆根，雨水打亂她的頭髮，髮絲黏附著她的臉脥，她軟弱無助的向杜慶鑫望著：

「哥……」

慶鑫伸手拉起她，伸手拂開她臉頰髮絲，柔聲說：

「妳混身都淋濕了。」

胭脂偎進他懷中，摟住他的腰，他們正要相攜走到街廊下避雨，突聽侯成棟在暗裏說：

「帶她走，跟著我。」

侯成棟把他們帶到天橋一家雕刻鋪，鋪外沒挂招牌，只一個木雕的鬼面在廊簷下挂著，隨風飄搖。店鋪內除一張髒汙木桌當櫃檯外，所有空隙都擺放著石雕，木雕和泥塑的神像，一尊猙獰的「鍾馗」頭像在木桌旁擺著。

屋梁上懸著一盞暗淡的燈籠，昏暗光影裏倍覺陰森寒峭。侯成棟帶著杜慶鑫和胭脂走進鋪內，「鍾馗」頭像突地搔著鬍子向他揮手擠眼。杜慶鑫毛骨悚然，胭脂更嚇得簌簌抖顫，經過木桌時杜慶鑫好奇的觀望仔細，那「鍾馗」是個人，只是面形醜怪，禿頭，散發披肩，鬍子和頭髮糾結著。

侯成棟徑直走向店後，醜怪的人向雕像中一個魅影說：

「打烊，關店。」

魅影在暗中移動，片刻，門板關上，醜惡的人也走向店後廳堂。侯成棟看到他引介說：

「這是羅掌櫃，京師有名的巧手雕匠，是神仙，也是鬼魅，惹翻他，比鬼魅還難對付！」

杜慶鑫等愣著望羅掌櫃，候成棟冷森的望著胭脂說：

「慶鑫跟胭脂暫時留在這裏，我跟羅掌櫃有生死交情，他會照顧你們，有話，等我回來說。」

杜慶鑫說：

「候叔，我師父……」

候成棟截住他的話，說：

「我這就去找扣兒，領回你師父遺體安葬，班子暫時解散，咱們出京往南，到南邊另開碼頭。」

「師父不能這樣冤死！」杜慶鑫憤聲說：「總得弄個是非曲直！」

侯成棟斷然說：

「民不跟官鬥，鬥不過，我們走！」他說著難掩沉痛：「既知道你師父死得冤，就得牢記這個仇。」

杜慶鑫向前質問：

「侯叔，這到底怎麼回事？為什麼胭脂一個小姑娘會引發這麼多事？她無意間打破一尊觀音像，崩出一只保命符，你說這會掀出我的身世，她若看過這只保命符就得滅口處死，我的身世是什麼？我到底是誰？我不是從小被您跟師父養大的孤兒嗎？我父母不是死在關外了？今早師父被提督衙門抓走，卻驟然死在牢裡，這到底是怎麼了，你告訴我……」

侯成棟和羅巧手相顧變色，侯成棟支吾說：

「現在沒時間解釋，將來你會明白，你在這裏詳細盤問胭脂，看她到底是誰？有什麼陰謀？」他說著眼光森冷的盯望胭脂：「切實追問她打破觀音像的動機！問她瞧過保命符上寫的滿文沒有？」

胭脂瑟縮的退到杜慶鑫背後，緊抓著他的手，侯成棟咬著牙根說：

「慶鑫你聽好，這是你的生死關頭，你別心軟被騙了。」

杜慶鑫驚愕痴呆，侯成棟和羅巧手離去，廳堂的門隨即關起並落鎖。

綺春園，康慈皇太后的頤養地。

太監崔玉和帶領盛京將軍鳳祥和善保跨進廳門，太后含笑迎著，鳳祥、善保拂袖跪地說：

「奴才鳳祥率子善保，奉旨朝覲，叩請太后聖安，願太后福澤綿長，千年萬年。」

太后抬手虛攙，微顯清瘦的臉上，飛揚著歡欣的笑容：

「起來吧，坐下說話。」

鳳祥、善保叩頭：

「謝太后隆恩。」

鳳祥、善保站起，太后轉臉向崔玉和：

「給舅老爺搬凳子坐。」

「是。」崔玉和恭應著搬鼓凳給鳳祥，說：「舅老爺，太后日日都念著您，說老兄妹五、六年沒見了，很挂心您的身體健康！」

「奴才感激太后寵眷，沐太后慈暉，承皇上恩緒，奴才身子骨還算硬朗。」鳳祥說著眼眶湧淚：

「倒是太后……」

太后擺手囑他坐下，笑說：

「我很好，氣色比較差點，」說著轉臉望善保：「你說昨兒要來綺春園，怎麼沒來？」

善保躬身拘謹的答說：

「奴才臨時接到消息，出京接阿瑪了。」

太后笑著：

「到底父等比姑侄親啊。」

「奴才知罪，先給老菩薩磕頭。」

善保說著趨前跪下，摘下頂戴用力在青磚地上磕響頭，磕著失聲叫痛：

「哎喲！」

太后噗嗤笑出：

「猴崽子，你就是會想法子逗我笑。」

「老菩薩高興，奴才就是盡孝。」善保說。

太后收斂笑容：

「起來吧，旁邊站著，我跟你阿瑪說話。」

「者。」

善保起身，恭謹的退到鳳祥身旁，太后深深凝視鳳祥，說：

「我做主給善保訂了門親事，是鄭親王端華的女兒。」

「端華？」鳳祥的神情陡地變冷了。

太后和煦的解釋：

「端華就這個女兒，才十六歲，挺漂亮端莊的，我見過，去年封郡主，叫琥珀。」

鳳祥沒說話，傾聽著，太后接著說：

「我做主賜婚，端華領了懿旨，皇上也明發了上諭。」

「噢！」鳳祥陰沈的說：「想不到廿年後我跟端華倒成親家了。」

太后懇切的向鳳祥望著：

「冤家宜解不宜結呀！」說著轉臉喊：「善保！」

「奴才在。」

「什麼時候到鄭王府納采下聘？」

「今格午未就是吉日吉時，采禮早經準備妥當，奴才請了懿旨，馬上就去。」

「好！」太后點頭說：「懿旨隨後就到，我跟你阿瑪還有話說，你先跪安吧，崔玉和！」

「奴婢伺候。」

「送善貝勒出去！」

「者！」

「老菩薩吉祥。」善保跪辭，隨著崔玉和退出時覷望鳳祥，鳳祥眼光凌厲的點頭、太后說：

「你這個兒子養得好。」

「養得好教得不好，沒有他阿瑪一半風骨。」

「唉，我是想藉由這樁婚姻把仇怨化解了。」太后縐眉說：「當時端華年青剛愎，也是順從先皇宣宗的旨意。」

鳳祥冷笑：

「這麼說坤良是罪有應得了。」

「唉，我說到這樁事你總不能心平氣和，你別忘了，坤良也是我弟弟呀！」

鳳祥無言，但抗拒的神情仍然頑強的顯在臉上、顯示不豫的緊繃著。

善保跟隨崔玉和向外走，經過迴廊，善保滿臉困惑，囁嚅著說：

「崔總管……」

崔玉和機靈的截斷他的話：

「貝勒爺，您別問了，奴才什麼都不知道。」

「我是覺得奇怪！」

崔玉和滿臉堆笑：

「今格黃道吉日，您要去納采卜聘，別鑽牛角尖，應該精神渙發，心懷歡暢才是。」

善保想再問，崔玉和寒下臉，兩人轉出角門，見葡萄架下一個矮小背影在逗弄籠內鸚鵡，他們走近，矮小背影轉過臉，卻是猴兒：

崔玉和拂袖打扦：

「給王爺請安！」

籠裏鸚鵡怪叫：

「風調雨順，國泰民安。」

猴兒回頭喝斥鸚鵡：

「閉嘴！」

鸚鵡再叫：

「路見不平，拔刀相助！」
猴兒點頭，露出滿意的微笑，善保虛虛打扦：
「善保參見王爺。」
「表叔。」猴兒嬉皮笑臉：「聽說你要娶媳婦，收心不玩了？」
善保支吾，側望崔玉和：
「太后懿旨……」
「原來媳婦是太后賞的。」
猴兒說著話錯身離開，崔玉和見他往太后的寢宮走，著急，想捨下善保追趕攔阻，轉臉倉促的囑咐善保：
「貝勒爺，前邊拐彎就是綺春園大門，您慢走，我不送了。」他說罷起跑追趕猴兒，邊跑邊喊：「王爺慢點，太后有客……」
善保追猴兒背影，一絲凶厲神色閃過。
崔玉和氣喘吁吁的奔到太后寢宮，推門衝進，太后，鳳祥驟驚變色，太后怒斥：
「崔玉和，你越老越糊塗了？」
崔玉和嚇得跪下：
「奴婢該死，奴婢情急追趕澂主子，怕他魯莽衝撞干犯老菩薩的禁忌。」

太后驚愓：

「猴兒他來了嗎？」

「來了，奴才剛才送善貝勒出去遇到他，親眼看到他過來，」

「噢。」太后緊張的張望：「這個猴崽子，他想進來你也攔不住，算了，隨他吧，他來了也好，讓他見見舅爺。」

太后側眼掃望屏後，向鳳祥微笑說：

「奕訢的孩子，叫載瀓，聰明機靈得猴精似的，皇上討我喜歡，九歲就賜爵封王，我怕是封得太早了，慣壞他……」

屏後微響。太后嗔目瞪眼喝斥：

「猴兒，出來！」

屏後嘻皮涎臉的走出猴兒，向太后跪喊：

「猴兒叩覲老菩薩。」

「要來就從前門進來，偷偷摸摸爬窗做賊，還虧你是個王爺，過去，給舅爺磕頭。」

「見過舅爺。」

鳳祥連忙還禮，望著猴兒顯得錯愕，猴兒起身站到太后椅旁，蹭著在太后耳邊悄聲說：

「是在盛京當將軍的舅爺？」

「對，我的嫡親哥哥，你阿瑪的嫡親舅舅，你的嫡親舅爺。」
猴兒狡猾的瞄望鳳祥，故意提高聲音：
「善保表叔的父親？」
「對了。」
「專程進京主持婚禮？」
太后戳他的額頭，笑說：
「說你機靈，你還真是個水晶猴子。」
猴兒溜望鳳祥，再低聲說：
「阿瑪說我有兩個舅爺……」
太后臉色驟變，鳳祥萎頓的背脊突地僵硬挺直，他吸氣想說話太后搖手阻止，鳳祥說：
「不錯，你有兩個舅爺，一個死了，是在前朝被朝廷冤死的。」
太后怒聲喝叫：
「崔玉和！」
「在。」
「送舅老爺出宮！」
「者！」

鳳祥顫抖著離座跪辭，太后眼眶濕紅著走進暖閣，猴兒跟著攙扶她，崔玉和隨侍著。

太后擤擤鼻涕坐到床沿，猴兒依偎在她身側，問：

「老菩薩，舅爺的話讓您傷心？」

「唉！」太后紅著眼眶點頭：「他的話讓我想起廿年前的慘事。」

猴兒扯著太后的衣衿說：

「說給我聽。」

太后深深抽氣說：

「你皇帝伯父不是我親生兒子，你阿瑪奕訢才是我親生的，當年你皇伯生母孝全皇后薨逝，臨終她托附我照顧撫養你皇伯，後來你皇伯登基繼統感恩圖報，就把我奉為國母……」

猴兒不依說：

「這我知道，您說我不知道的。」

太后伸指戳他：

「還有什麼你不知道？什麼事能瞞得了你這猴崽子？」

轟地一聲巨炮，紙屑濃煙彌漫，樂聲喧騰，熱鬧的儀禮車駕迤邐的來到鄭王府，府門旁栓馬石上立時點燃懸挂的龍鞭彩炮，響起震耳欲聾的鞭炮聲。

安春喜捧著金匣懿旨跨上臺階，趾高氣揚的喊：

「奉懿旨，采禮到府，新貴人參拜……」

鄭王府的朱漆大門洞開，紅氈水泄般的滾出門外，采禮車駕前停著一頂彩飾大轎，安春喜喊聲中轎簾掀開，善保吉服披紅的跨出轎外。安春喜捧旨前導，善保跟隨登階進門，紅氈延伸直進內堂，鄭親王端華和德良急步迎出。

端華急步趨前跪下：

「端華惶恐，恭迎懿旨。」

安春喜停步閃開，善保從安春喜手裏接過懿旨，放進端華高舉過頭的雙手中：

「鄭親王端華接旨。」

「端華捧旨，謝國母慈恩。」

端華把懿旨金匣轉遞給德良。站起，善保抖袖跪下：

「善保叩見岳父！」

端華臉上閃過痛苦，攙起他：

「新貴人請起，請進內堂。」

鄭親王側福晉瓜爾佳氏身邊的丫頭東珠，興奮的奔進後堂稟報：

「福晉，王爺把新姑爺迎進內堂了。」

敞亮的後堂裏，年輕美豔的側福晉正和繼兄恒祿說話，她白皙俊俏的臉上顯露著焦灼，恒祿勸解說：

「這是納采下聘，迎娶過門還有好些天呢！先別急，琥珀一定會找到，只要不耽誤上轎，王爺就不算抗命忤旨。」

側福晉焦急未減，更增重憂：

「我是擔心琥珀縱然找到，卻被……」

恒祿嘴角痙攣著：

「妹子，妳想的我也想了，如真是那樣，琥珀死了倒好。」他說著摸出鼻煙抹抹：「死了倒有文章做了。」

「你說明白點。」

恒祿掃望東珠：

「眼前情勢變數，是琥珀的清白，萬一她被蹧踏，勉強嫁到貝勒府。那就變成宗門羞辱了。」

「只要我們瞞著……」側福晉想爭辯，恒祿卻搖手：

「能瞞多久？善保可不是老實省事的人，這種暗虧他肯吃嗎？再說，太后突然賜婚也透著邪！我琢磨著—」

「你說邪？怎麼邪？」

恒祿傜頭沒說話，側福晉追問：

「怎麼透著邪？」

恒祿不即答話，卻向東珠說：

「丫頭，你去探消息，要察言觀色，看新姑爺的態度，嗯？」

「是了！」

東珠離去，側福晉凝目向恒祿望著，恒祿再抹鼻煙，眼光陰沈的說：

「妹子，妳年輕，廿年前前那場恩怨妳不知道。」

「我聽說過，難道她要報復？」

「難說。」

放置懿旨的金匣供在桌上，端華和善保恭謹的對坐桌旁，門外伺候著德良和安春喜，陣陣喜樂響在院中，端華說：

「聽說令尊鳳祥將軍，也到京了？」

「是，家嚴奉詔進京，太后慈諭要隆重籌辦迎娶盛典，說這是我博爾濟錦一族，近廿年的大事。」

端華驚悸變色，善保低眉垂目，神態沈穩的繼續說：

「家嚴臨行囑咐，命小婿轉陳，說謹記廿年前奉旨守護關外祖塋，不准進京的訓誨，雖渴慕情殷，卻無法致意，將在婚宴之上，盡吐滿腔悃衷。」

端華強笑，難掩臉色蒼白的說：

「令尊念舊，端華也想覓機面對解釋一些事情，所以也請上覆令尊，說端華當時是承旨辦事，行不由心。」

端華和善保在內堂話含機鋒的酬應，門外安春喜枯立等候，面露倦容，他以袖遮臉想打哈欠，嘴剛張開就像見到鬼似的瞠目翹舌望著一個人。

那個人是東珠，正站在屋角趴在窗櫺上向內窺視。安春喜話聲發顫的問德良：

「德爺，哪位梳辮子穿繡鞋的姑娘是……」

德良以為他在指責東珠無禮，急聲喝斥：

「東珠，妳好沒規矩！」

安春喜搖手，促聲問：

「她是誰？」

「她叫東珠，是福晉身邊使喚的人。」

「那她前幾天有沒有……」

安春喜再回頭看，東珠已然離去，他愣著瞠目發呆，猛聽內堂傳出端華送客的聲音。

少頃端華送善保出門，端華強持露著笑容，但臉色卻隱顯灰暗發青。

東珠回到後堂，側福晉搶著問她：

「妳聽他們說什麼、快說呀！」

「新姑爺走了。」

側福晉滿臉驚愕：

「走了？怎麼走了？」

「王爺剛親自送他出門。」東珠補充說：「王爺的臉色不好。」

側福晉轉眼望著恒祿：

「既是納采下聘，應該……怎麼就這樣走了？」

恒祿站起說：

「我出去看看！」

恒祿急步走出，側福晉驚悸，眼珠轉著納悶。恒祿剛出門，迎面遇著端華，恒祿想問，端華不停的搖手阻攔：

「進去說。」

兩人重回到後堂，端華沈重的在椅上坐倒，側福晉站起和恒祿對望，屏息等待，端華深深吸氣，掃望他們：

「我看，太后賜婚，居心不善！」

「怎麼說？」側福晉驚恐的催促：「你快說呀！」

端華虛頹的靠坐椅背，眼眶泫然：

「我看琥珀失蹤是預謀擄劫，他們劫持琥珀，再逼我忤旨獲罪。」

「我不懂……」側福晉轉臉側望恒祿說。

「姐夫是說，降旨賜婚，劫持琥珀是陷構成罪的連環計謀。」

「我還是不懂。」側福晉說。

恒祿再解釋：

「妳想，太后賜婚是蒙恩寵倖，朝野喧騰的喜事，到時婚禮沒有新娘，新郎羞辱不肯罷休不說，姐夫對朝野君上怎麼解釋？說新娘被劫持？被誰劫持？有沒沾汙清白？這些事到頭來百口難辯，最後就落得欺罔亂逆，忤旨抗命的罪了。「啊！」側福晉失聲叫。

端華鼻中微哼，陡又挺直腰肢坐起說：

「現在還難確定，只是瞎猜，恒祿，你趕快尋找琥珀，找到琥珀，一切兇險都會迎刃而解，快！」端華說著離椅撩衣跪下：「就當我求你了。」

恒祿驚駭得跳起攙扶，把他拉住：

「姐夫，你折煞我！」

端華一把抓住他，滿臉懇切：

「恒祿，你姐姐雖然去世了，琥珀可是你的嫡親外甥女，她的清白生死你定要查實明白，你姐姐在黃泉地下也會感激。」

恒祿激動得臉色脹紫，咬著牙說：

「姐夫，拼掉我這顆腦袋也要找到琥珀，沒有姐夫，那裏有我這個步軍統領的頂戴？姐夫放心，除非我死……」

側福晉跺腳搶著：

「大哥，你賭什麼咒啊？」

「我是肺腑言，沒什麼好忌諱，姐夫，懿旨裏有沒明訂迎娶日期？」

「有，月底廿七，辛酉日。」

恒祿掐指推算：

「廿七辛酉，今格十五庚申，還有十二天，時間很急。」

端華再伸手抓緊恒祿：

「生死關頭你就放手幹，儘快找到琥珀不必顧忌手段，嗯？」

恒祿決然點頭：

「好，我回衙門，再從慶昇戲班追查，不信追不出結果。」

慶昇戲班冷清寂寥。

寂寥的庭院黃塵飛旋，破窗紙在陣風中微咽的顫抖，劉慶奎坐在門檻上發呆，傅慶香惶恐焦灼的抱著他的手臂搖撼著：

「大師哥……」

「嗯？」劉慶奎茫然答應著。

「我們怎麼辦，你說！」

劉慶奎搖頭：

「怎麼辦，我不知道。」

「你別像掉魂似的神不守舍，昨晚丁貴回來報訊，說師父死在牢裏，二師哥跟候叔又抹屁股走，丟下我們，你看，這一早起，班子裏跑的溜的都走光了，就剩我們倆，我們怎麼辦？」

劉慶奎訥訥說：

「我們……等等瞧……」

「等等瞧，等誰呀？」

捕快羅青峰、老區跨步進門，說：

「等誰？不會等我們吧？」

劉慶奎驚駭的站起，慶香恐懼的抓扯著慶奎的外衣，慶奎強笑：

「您是…」

「看打扮就知道。」羅青峰指自己穿的公服良衣：「這身老虎皮還有敢冒充的？」

「那您是來找……」慶奎怯懼的問，慶香搶著說：

「他們都不在。」

「咦，我還沒說要找誰呢，你倒先撇清了」。羅青峰輕薄的擰擰慶香的腮幫：「唱花旦的小妖精，你看這身細皮嫩肉！」

慶香掙開，腮幫被擰得泛紅，羅青峰笑說：

「我們就是來找你，」

「找我？」慶香驚慄得變色了。

羅青峰斂失笑容，露出兇狠：

「對，就是找你，戲班的人都跑光了，只剩你們兩個，我們不找你找誰？」

慶香恐懼的縮躲：

「你們找我幹嘛？我什麼都不知道。」

羅青峰陰笑著轉圈兒打量慶香，把慶香看得毛骨悚然，驚恐的扯拉慶奎、慶奎擋在慶香面前，哀求說：「總爺、您別嚇他，他膽兒小。」

羅青峰指著慶奎說：

「我也認得你，你是唱老生的劉慶奎，你們那出『坐樓殺惜』唱得不錯、你戴綠帽子，他偷人，嘿嘿……」

老區在旁催促：

「別淨扯淡，辦正事了。」

「這不是正事嗎？人在這兒，鎖了帶走就是了。」

老區抖開鎖鍊套住慶奎，慶香。慶奎驚恐掙拒，老區凶睛瞪圓了：

「你敢拒捕？嗯？」

慶奎撲地跪下、老區惡狠狠的說：

「敢拒捕就給你一刀！」說著扯住慶奎辮子推他：「走！」

慶奎哀呼：

「總爺，冤枉……」

「慢著！」羅青峰皮笑肉不笑：「他既喊冤枉，咱們總得給他個機會辯白，劉慶奎，杜慶鑫拖累你們，只要你供出他窩藏的地方，交出那個小姑娘，咱們不但放了你，還有賞！」

「我們實在不知道慶鑫的下落，他昨晚出去就沒回來，那個姑娘離開戲園就不見了，我們都在找他……」

羅青峰嘿嘿獰笑：

「這麼說是冤枉你？」

「總爺，你聖明，我們實在不知道……」

慶香挺身凜然，嫩臉脹得通紅：

「你們找我二哥幹嘛？他又沒幹壞事！」

羅青峰嗤笑：

「喲，小閹雞發威了。」

老區不耐，猛抖鎖煉向羅青峰叫：

「喂，你玩夠沒有？」

「難得找點樂子，你緊張什麼？好，走，走！」

羅青峰，老區拖拽著慶奎、慶香出門，門外戲班梳頭夥計劉四躲在牆角窺視。他等捕快們走遠、把看到的情形告訴給躲在不遠處等待的丁慶貴，慶貴恨得咬牙切齒，罵說：「該死的鑫二，害死師父，又害得班子七零八散，我要宰掉他祭奠師父……」

劉四彷徨，焦急的問：

「三爺，咱們現在怎麼辦？」

慶貴凝目思索片刻，說：

「你去打聽鑫二的消息，摸准他窩藏的地方。」

「好，在哪見面？」

「珠市口駱駝茶館。」

劉四抽身離開，丁慶貴轉身要走，突見一個華服小孩欄住去路叫他：

「丁慶貴。」

慶貴嚇一跳，錯愕的望他：

「您是…我們認識嗎？」

「我認識你，你不認識我，我剛偷聽你說找杜慶鑫，我知道到哪兒找他。」

慶貴愣著望他，試探著問：

「您是……」

猴兒挺胸，以母指指著鼻子說：

「闖蕩江湖的侯大俠。」

雕刻鋪的招牌在陰雲低沈的屋檐下飄蕩，店鋪內陰森昏暗，滿屋雕像在灰濛中像有生命似的佇立著。侯成棟站在木桌旁低聲和羅巧手說話，話聲時斷時續，讓人有置身鬼域的感覺。

侯成棟把聲音壓得極低，羅巧手探頭聽著：

「他的身份怕暴露了，那個女孩看過保命符，一定猜出他是誰，他勢必變成狙擊目標，我們得馬上應變，準備下一步。」

羅巧手點頭，侯成棟繼續說：

「我想儘快帶他出京，往南走。」

「怕走不掉，暫時讓他在這裏窩幾天，等弄清楚對頭虛實，再想辦法走。」

「好，那就把他交給你。」侯成棟點頭：「我得料理戲班的事，昨格我在提督衙門暗殺馬懷卿是為勢所逼，怕他受刑不過泄露機密，他既死了總得領回屍體安葬才對得起他，再說他對慶鑫養育，也有恩德。」

「屍首領得出來嗎？」

「可以，我買通人了。」

「好，你忙你的，那個女孩淋雨生病發高燒，你抽空到同仁堂藥鋪抓幾帖藥！」羅巧手把藥方給侯成棟，然後轉身向店後喊：

「丫頭！」

店後走出個頭魁偉的大腳丫頭，她嘟著嘴翻白眼，一臉的氣惱：

「叫什麼，叫魂呀！」

羅巧手視而不見，說：

「去，端盆清水給小姑娘清洗傷口。」

大腳丫頭白眼翻著扭身走回去拿盆舀水，端水擠進密室窄門，見寬大床榻上躺著胭脂，杜慶鑫焦燥的在室內踱步，大腳捧水到床前，白眼瞪著他叫：

「把她扶起來，我給她擦傷口。

「你說話客氣點。」杜慶鑫情緒暴燥的說著，仍到床前把胭脂扶起靠牆坐好，大腳惡聲說：

「你出去！」

杜慶鑫冒火得想發作。大腳指著胭脂：

「我要給她擦身體、你想在旁邊看哪？」

杜慶鑫氣得哼一聲，轉身按機關想沖出密室，大腳喊：

「別想溜，前邊我爹守著，後邊，嘿嘿……」

杜慶鑫憋氣的停步回頭：

「你嘿嘿什麼？」

「嘿嘿就是你敢硬闖，就讓你滿頭長饅頭。」

杜慶鑫激怒的望她，轉身衝出室外，大腳高喊：

「爹，鑫二出去了。」

羅巧手聞聲回頭看，見杜慶鑫煩燥的從店後出來，他陰聲問：

「去哪兒啊？」

「悶得很，想出去走走！」

羅巧手漫聲應著：

「噢，悶得很，這麼說你想輕鬆一下，那容易。」他說著身如鬼魅的一閃就到了杜慶鑫面前，杜慶鑫嚇一跳，閃身後退，羅巧手詭笑：「跳個舞給你瞧。」

杜慶鑫想閃身繞過，滿臉厭煩：

「我不想看！」

「你不想看我跳，自己跳好了。」

杜慶鑫不理，繞過他徑直向外走，羅巧手伸手向後領虛抓，摸出半截竹筒，放在嘴上吹向杜慶鑫腳踵：

竹筒中一線黑光疾射，杜慶鑫踉蹌一下，腳踵處釘進一根黑針。

羅巧手收起竹筒，杜慶鑫一腳虛軟顛簸，為求身體平衡，進退搖擺像舞蹈一樣，片刻，失去平衡，一膝突軟跪在地上。羅巧手奚落：

「你身段不錯，可惜舞興不繼，難免摔跤！」

杜慶鑫捧腿叫：

「我的腿，我的腿麻了！」

「腿麻就不能再跳，我看還是老實點回去躺著吧。」

羅巧手招來夥計把杜慶鑫扶回店後，杜慶鑫憤怒的喊著：「你把我的腿怎麼樣了？」

羅巧手笑說：

「沒怎麼樣，麻一陣不疼不癢，過幾個時辰就好了。」

在密室門口碰到大腳丫頭端盆走出，她撇嘴說：

「哼，不疼不癢便宜你，走後門被黃蜂螫，你會寧願把腿鋸掉。」

杜慶鑫氣得說不出話，夥計把他推進密室窄門，再按機關關起，杜慶鑫跌撞著沖到椅上坐下，眼望床上胭脂氣息粗濁的昏睡，他握拳擊桌，恨聲說：

「我走哪門子霉運，碰到這群鬼了……」

雕刻鋪外胡同口，猴兒和丁慶貴躲在牆角向雕刻鋪窺望，猴兒說：

「就是這家，我昨天跟蹤他們到這裡，親眼看著杜慶鑫跟小姑娘進去。」

丁慶貴點頭：

「這地方我來過，老闆姓羅，外號巧手羅，會很多稀奇古怪手藝，剛才離開的是我們戲班琴師姓侯，羅巧手是姓侯的結拜兄弟，他有個女兒叫大腳丫頭。」

猴兒心癢難搔，慫恿說：

「你這麼熟，乾脆咱們就進去？」

丁慶貴縐眉向雕刻鋪瞅著：「這家人很難惹！」

猴兒興緻勃勃：

「既然來了總得進去，要不咱們偷著翻牆？」

「幹嘛？」丁貴橫眼了。

「你不是說這家人難惹嗎，你怕就算了。」

慶貴喉嚨輕哼，轉到雕刻鋪後牆，一躍竄上牆頭，猴兒跳腳：「呃，我先上啊！」

「一邊涼快去。」

慶貴說著躍進院內，猴兒急得跳起抓住牆頭攀爬，猛聽牆內慶貴慘叫，猴兒嚇得手臂一軟，摔到地上了。

慶貴倒地翻滾，慘叫連連，數不清的虎頭蜂嗡嗡的在他身上飛舞叮螫。

大腳丫頭和羅巧手聞聲奔進後院，看到黃蜂飛舞圍螫，大腳拿出一隻銀銷吹出尖銳聲響，黃蜂在哨音起時亂撲互撞，極快的飛回蜂巢，養蜂的木箱。

慶貴被螫，蜷縮在地上痛得發抖，大腳問：

「爹，他是誰？」

「戲班的醜行，叫丁慶貴。」羅巧手把慶貴扶起：「快拿解藥，黃蜂螫了他的眼睛，怕眼珠子保不住……」

大腳跑去拿藥，羅巧手用髒汙的指甲在慶貴被螫腫脹處劃開十字傷口，讓傷口流血，片刻大腳拿來解藥，羅巧手把解藥撒在十字傷口。慶貴抽搐呻吟，傷口有黃水滲出，大腳滿臉不忍，扭開臉，羅巧手說：

「黃蜂是你養的，別怪我。」

大腳辮子一甩，扭頭就走，她按開機關走進密室，看到杜慶鑫正俯在床邊用濕巾替胭脂擦汗，她粗魯的抓著杜慶鑫後領把他拖開，說：

「走開，別礙著我給她灌退燒藥。」

杜慶鑫大怒，罵：

「臭人腳！」

大腳不理他，扶起胭脂捏開她牙關灌藥，一邊說：

「你最好別動肝火，動肝火血氣上升，酸麻會跟著血脈走，那時候胳膊手連脖子帶臉都僵了可別怪我。」

杜慶鑫混身酸軟，勉強爬起，怒道：

「妳爹用這種手段整人算什麼長輩？根本就是江湖宵小。」

「江湖宵小還能容得你張牙舞爪？早把你剁了做人肉包子了。」

大腳灌完藥替胭脂抹嘴擦臉，放她睡下，轉身叉著腰向杜慶鑫說：

「候叔跟我爹把你當寶貝，說你是恩人的後代，要捧著護著，我可不把你放進眼裏，你嫌我腳大，我就讓你嘗嘗大腳的滋味。」

大腳一步跨前踩住杜慶鑫的腳尖，杜慶鑫疼得臉都變了，這時羅巧手進來把大腳喝住，大腳說：

「他罵我臭大腳！」

「你去照顧慶貴，他醒了。」

大腳出去，羅巧手向慶鑫說：

「常言道罵人不揭短，你混江湖連這句箴言都不知道，活該挨整受苦。」

慶鑫呲牙裂嘴的撫著痛腳，羅巧手轉身走了。

大腳轉到小廳，見慶貴臉色青灰的躺在臥榻上，她憐惜的走過去，臉上露出難見的微笑看到她，恨聲說：

「早聽說你們難惹、沒想到這麼狠毒！」

「也怪你，幹嘛不走前門要翻牆？」

「妳是大腳？」

大腳露出窘困、低下頭、慶貴撇嘴輕鄙的嗤說：

「嗤，瘦豬生肥象，真是變種了。」

大腳臉色劇變，但她竟沒發作，硬生生吞下憤怒柔聲說：

「你幹嘛口舌這麼刻薄，我們父女相貌不稱，也用不著說得這麼難聽。」

慶貴咬著牙齒問：

「我哪只眼睛廢了？」

「這只……」

慶貴暴怒，瘋狂的抓起床邊花瓶猛砸大腳的臉，花瓶碎裂大腳撫臉痛叫，慶貴躍起踢她，大腳被踢得撞在牆上，慶貴抓著破碎瓶口狠刺大腳撫臉的手，大腳閃躲逃開，慶貴追著她切齒怒叫：

「你們弄瞎我一隻眼，我要妳賠一雙！」

羅巧手鬼魅般衝進，抓起慶貴擲向櫺窗，櫺窗嘩啦破裂，慶貴摔出窗外地上。

羅巧手驚痛地察看大腳：

「乖女兒，妳傷在哪？」

大腳摀臉的指縫中鮮血溢流，她搖頭不出聲，狂奔衝出小廳。

慶貴趴撞著奔出雕刻鋪，尚幸沒有遭到攔阻，他一口氣跑到珠市口駱駝茶館，找到劉四，搖搖欲倒的說：

「我讓毒蜂螫了，快，扶我去看大夫！」

劉四想向他說探來的消息，慶貴沒心情聽，只說：

「我混身又麻又疼，眼也瞎了，這個仇我一定要報！」

孤燈搖曳，慶鑫抱頭鬱憤地坐在燈下，愣愣的向床上的胭脂望著，胭脂輾轉發著呻吟，含糊的喃喃叫：

「水，給我水，我好渴……」

杜慶鑫站起倒水端到床前，伸手輕推胭脂，胭脂睜眼看到他，嘴角牽出微笑：

「哥……」

「來喝水，妳剛才發高燒！」

慶鑫攙著胭脂坐起，喂她喝水，她舉止優雅，喝過水用衣袖沾乾口角，慶鑫問她：

「還要嗎？」

「不要了。」

杜慶鑫把水碗放下，沈鬱的舒氣，胭脂抬臂掠鬢，舉動嫻雅柔和，慶鑫愣著觀望，胭脂低頭說：

「都是我拖累哥哥，害死你師父，也害得戲班散了，我去向衙門自首，他們就不會再逼你們了。」

「唉，事情沒這麼簡單！」

「他們不是都找我嗎？」

杜慶鑫憂惶的說：

「開始都找妳沒錯，不過現在問題變得非常複雜，妳自首也難把問題解決，現在連我都摸不清到底是怎麼回事，妳看，侯叔跟羅巧手把我軟禁在這裏，說我身份暴露，有殺身大禍，我從小被侯叔撫養，說我是孤兒，現在突然又翻出什麼出身來歷了，唉！搞得我頭暈腦脹，像熱鍋螞蟻，他們說妳危險，是故意裝瘋賣傻來刺探我，我在妳發燒昏迷的時候曾仔細觀察過妳，要是妳發燒說夢話也能做假，那妳真是我們這行的祖師爺了。」

胭脂矇矓的問：

「你們這行的祖師爺，是什麼意思？」

「妳太會演戲了！」

「演戲很好玩。」胭脂腦中閃過一霎模糊印象，縐眉追尋思索：「我以前好像看過。」

「看戲不稀奇。」慶鑫說著訝異的指她胸前：「咦，妳的胭脂盒呢？」

胭脂低頭看，脖頸上懸挂的胭脂盒果然不見了，慶鑫見她凝目苦思，隱露痛苦，撫慰她說：

「妳在丁卯家洗澡換衣，可能丟在那裏，以後叫丁卯找，胭脂，那個胭脂盒很貴重，琺瑯的，好像是貢品，妳哪來的？」他見胭脂搖頭，趕緊說：「算了，想不起來就算了。」

胭脂沒說話，低著頭一顆淚珠滴在膝上。半向，她抬頭懇求的說：

「哥，讓我走吧！我在這裏只會拖累你，你對我好，我知道。」

「妳不能走。」慶鑫衝口說：「候叔他們懷疑妳蓄意刺探我……」

胭脂激動憤怒的拍打膝頭叫：

「我沒有蓄意刺探，也沒見過你什麼保命符，你相信我！」胭脂激憤得怒目嗔瞪，雖淚眼瀅瀅，但仍流露著一種懾人的凜洌的高貴氣度。

在提督衙門簽押房，恒祿滿臉懊惱的拍桌，岑師爺冷靜的站在桌旁，手裏捧著宗卷冊簿，他說：

「照仵作勘驗，髮裡毒針，馬懷卿確是被狙殺滅口。」

恒祿挺身站起，負手踱步，捏著手指關節說：

「沒想到慶昇戲班跟江湖殺手還有瓜葛，馬懷卿何故被殺，怕他供出什麼？」他站住，凝目尋思，岑師爺屏息等待，恒祿轉臉問他說：

「白雲觀縱火殺人的那樁案子，查得怎麼樣？」

「卷證都在這裏，請東翁過目。」

恒祿揮手，煩燥的再踱步，岑師爺把宗卷簿冊放在桌上翻找：

「先說驗屍，燒焦的女屍毛髮皮肉盡成灰燼，但從骨骼輪廓牙齒排列判斷，年齡很輕，大約廿歲。」

恒祿縐眉，腮肌微顯痙攣：

「繼續說！」

「火場清理後搜到一件證物。」

「什麼證物？」

「是塊斷裂的玉佩……」

岑師爺從附卷紙封中倒出半塊玉佩遞呈給恒祿，恒祿接過審視，痙攣的腮肌顫抖了，岑師爺見狀囁嚅著問：

「東翁認識這塊玉佩？」

恒祿深深吸氣，顫聲說：

「這塊飛鳳盤龍玉是她家傳的寶物，當年聖祖康熙御賜的寶貝。」

岑師爺驚駭的傾聽、恒祿聲音有些顫抖：「現在也不必瞞你了，但請師爺要絕對守密，我現在急著要找的這個女孩，就是鄭親王府的琥珀郡主，她到白雲觀進香，就在失火的那天失蹤。」

「啊，是琥珀郡主！」

恒祿蒼白著臉，冷森銳利的眼光也黯然褪去光澤，他眼眶血絲滿佈，顯露著悲淒沉痛：「白雲觀火場被殺的兩具女屍，就是郡主隨身的丫頭婆子，我本來還滿有把握，火場燒焦的女屍不是她，因為火場案發以後我到同慶戲園看戲，戲臺上看過一個女孩非常像她，當時我只知道白雲觀火場發生凶案，卻怎麼也沒想到會跟琥珀牽扯關係，後來知道，才嚴追慶昇戲班，找尋戲臺上出現的那個女孩，唉，這塊佩玉是琥珀貼身攜帶的東西，既然在火堆瓦礫中發現，只怕她已經遇害了，唉！」

岑師爺凝目傾聽，瘦峭的臉肤微微牽動著頷下一撮發黃的鬍鬚：

「假如，火場焦屍是琥珀郡主，那您在戲臺見過的人是誰呢？她既能讓您認錯，必定跟郡主模樣十分相似，若她不是郡主，此時此刻出現是何目的？慶昇戲班班主被殺滅口，是否跟她牽連到關係？」

「是，這些疑問一定要解開！」

岑師爺眉毛跳動，顯出得意：

「解開這些疑問，郡主的生死下落就不難明白。」

「對。」恒祿振奮的說：「我們加急追審慶昇戲班的人，定能解開這些疑問。」

他說著向外喝喊：

「傳郝長功，提訊慶昇戲班人犯。」

片刻，郝長功奔進，向恒祿打扦：

「參見督帥。」

恒祿峻聲問：

「你手下盯人的兩個捕快呢？」

「在外邊。」郝長功揚聲喊：「羅青峰，區定海！」

羅青峰，老區隨聲進門，打扦：

「叩見督帥。」

恒祿嚴厲的望他們，語聲簡截：

「你們在慶昇戲班盯了一夜，看到的扼要說。」

「是。」羅青峰，區定海搶著說話，羅青峰瞪他，老區閉嘴，羅青峰說：

「卑職奉命監視慶昇戲班，觀察出入人等，只看到戲班的人驚慌逃跑，沒看到有外人進出，天亮以後戲班剩下劉慶奎，傳慶香兩個，卑職就把他們鎖回衙門，等候偵訊。」

「嗯。」恒祿眼光森森的望著他們：「逃跑的人有沒派人追蹤？」

「有，他們落腳的地方，都有我們的眼線樁子。」

「好，帶劉慶奎，傳慶香！」

郝長功斷喝：

「帶慶昇戲班的劉慶奎，傳慶香。」

恒祿回到座位，岑師爺侍立桌旁，少頃慶奎、傳香被帶進，按在地上。

房內靜肅，捕快們的眼光惡狠狠的盯著他們，慶奎驚恐得嘴唇發白，慶香緊扯著慶奎的衣衿，抖得簌簌響，恒祿沈聲喊：

「劉慶奎！」

「在在……」慶奎驚慌失聲的答應。

「上戲臺叫杜慶鑫哥哥的那個女孩，你以前認得？」

「不不……不認得，是慶鑫當天……從外邊帶回來…」

「帶回來當時，杜慶鑫怎麼說？」

「他說路上撿的，看她可憐想給她吃點東西！」

「給她吃什麼？」

「當時慶鑫要趕著上戲，交待師妹馬扣兒照顧，師妹因為她混身髒臭，先給她擦淨頭臉，然後給她叫麵，後來她上臺鬧場，我師父叫梳頭夥計劉四，把她帶出去。」

「帶去哪兒？」

「說送到慶鑫的房間。」

恒祿邊聽邊思索，站起離座走到劉慶奎面前：

「後來呢？」

「後來聽說她跳窗逃跑了，以後就沒再見過她……」

恒祿沒再問，轉過身，陡地旋身飛起一腿，把慶奎踢得翻滾飛起，拖得慶香也摔在地上，慶奎傴僂蜷曲著顫抖，嘴裏鮮血一股一股的噴流到地上，恒祿厲吼：

「架起來。」

捕快等用紅頭木棍貫穿劉慶奎衣袖，把他挑架懸空，慶香嚇得慘叫：

「師哥……」

恒祿再站到慶奎面前，凶厲的戟指：

「你們早就串通口供！」

「沒有，我說得都是事實……」慶奎掙著含血辯白。

恒祿獰目瞪他，慶奎碰觸到他滿布血絲的眼睛，慄懼地退縮噤口，恒祿瞪他片刻眼光移向慶香，慶香驚跳退縮，慶奎見狀掙扎護著慶香，說：

「提督老爺，您別打他，他什麼都不知道。」

恒祿微覺意外，岑師爺趨近他，引他背臉到桌旁，悄聲剖析說：

「照眼前情況看，慶昇戲班人的反應有兩種可能，一種是背後有陰謀，為了脫罪掩飾早已串通供詞，一種是他們根本無辜，所供都是事實，現在要弄清楚到底是哪種情況，只嚴刑追逼，恐怕會徒勞無功。」

恒祿縐眉：

「依你，該怎麼辦？」

岑師爺招手叫過郝長功，在恒祿面前悄聲問他：

「要是把劉慶奎、傅慶香放走，你有把握他們脫不出你的手掌？」

郝長功堅定的答應：

「師爺放心，他們逃不出我的手掌。」

岑師爺轉向恒祿：

「卑職的辦法是，放走這兩條小魚，暗裏嚴密追查，先找出杜慶鑫下落，再從杜慶鑫身上追索那個女孩，翻出背後真相。」

恒祿臉露焦急：

「現在時機緊迫！」

「情況如此，急，不見得有用。」

恒祿凝思，決然說：

「好，郝長功！你說的逃不出你的手掌，跑了他們，我要你賠命！」

郝長功回到班房，激憤的解下配刀「砰」地摔上桌，羅青峰、老區、丁卯和捕抉等彼此觀望，嘴巴緊閉不敢吭聲，慶奎、慶香脖子上套著鎖鍊蹲在牆角，慶香仍緊緊的抓著慶奎的衣裳不放。

郝長功瞥望他們，向丁卯呶嘴：

「把刑具抽掉，放他們走！」

丁卯愣著滿臉愕然，郝長功怒聲：

「抽掉鎖子放他們走，你聾了？」

丁卯答應著向前抽掉慶奎和慶香的鎖煉，他們駭愣難以置信，丁卯推他們：

「走啊，等著挨揍啊！」

慶奎驚醒跳起，拉著慶香搶奔出門。

荒郊，夜黑風急，大地寂寥。

夜黑中一片茂密叢林，遍地都是沒脛野草，林樹枝葉在夜風裏搖曳出嘩響，嘩響中有隱約哭聲在飄。哭聲慘痛，椎心刺骨，馬扣兒頭裹白巾跪伏在叢林深處一座新墳前哀哭，侯成棟低頭含淚蹲在墳前，撥火焚燒金箔紙錢，嘴裏喃喃祝禱著什麼。

風吹樹搖，紙灰翻飛。

哭聲淒慘，似陰域鬼號。

雕刻鋪的密室裏，昏燈飄搖。

杜慶鑫小心的把胭脂頭後秀髮掠起，分開，找出傷口，胭脂白皙柔嫩的頸項，散發著少女的清香，慶義手指有點顫抖，他說：

「妳頭髮裏傷口剛結疤，被髮絲一扯又裂開流血了，妳別動，我給妳敷藥。」

慶鑫一隻手擱在她肩上握住髮絲，另一隻手輕柔的把傷口黏住的髮根扯開：

「傷口腫得發亮，可能發炎燴膿，妳怎麼傷在這裏，在後腦門上？」

胭脂忍痛嬌聲：

「好痛，好痛啊……」

慶鑫再問：

「身上也有傷嗎？」

「有，在胯骨跟膝頭上。」

雕刻鋪的門被敲響，夥計把門拉開，侯成棟、馬扣兒跨進門內，夥計關上門，羅巧手掌燈出來，侯成棟和羅巧手悄聲說話，扣兒眼睛紅腫的向店後走。羅巧手回頭望著扣兒背影，問說：「都辦妥了？葬了？」

侯成棟點頭指扣兒：「外邊風頭緊，她也暫時窩在你這兒。」

「好，這裏正缺人手，大腳的臉受了傷！」

「大腳的臉受傷？怎麼了？」

「戲班的丁慶貴來搗亂，唉，他翻牆攪了黃蜂窩，大腳給他擦藥解毒，他抽冷子砸她一花瓶。」

侯成棟變色：

「丁貴知道慶鑫在這兒？糟了！」

羅巧手吃驚，暴眼瞪圓了：

「怎麼，慶貴靠不住？」

「不是靠不住，唉，這牽扯到爭風吃醋。」

「誰跟誰？」

「慶鑫跟扣兒，扣兒跟丁貴。」

羅巧手緊張的問說：

「你看，他會到衙門舉發？」

「難說，最難忍的是妒火。」

扣兒在店後小廳遇到大腳，大腳紗布包著頭臉，形狀詭異可笑，扣兒心緒悲鬱，問她說：

「我二師哥在哪？」

大腳指密室，扣兒說：

「讓我進去找他。」

大腳按機關開門，門開，燈光下見慶鑫伸頭在胭脂肩背上，以指替她攏髮，扣兒看著愣住，慶鑫看到扣兒，也瞠目僵住了。他失措的鬆手放開胭脂的頭髮，扣兒愣著嘴唇劇烈顫抖，眼中迸出怒火，她衝進門內，衝到床前揚手狠摑胭脂，胭脂撫臉痛叫。扣兒怒火焚心，揚手再打，手腕被杜慶鑫抓住：

「扣子，她瘋了？」

扣兒奪回手腕揮臂打慶鑫，慶鑫再抓住她，怒喝：

「扣子！」

扣兒妒恨的哭著：

「杜慶鑫，你不是人，你師父為你枉死，才剛下葬，你卻躲在這裏跟這個妖精調情。」她哭著嘶叫：「你是畜生！」

杜慶鑫激怒的臉脹得通紅：

「妳胡扯，胭脂傷口黏著頭髮流血，我幫她清理敷藥。」

「我親眼看見你……」扣兒痛極嗆呼：「你沒良心，你是畜生……」

扣兒轉身狂奔衝出門外，大腳想攔她沒攔住，胭脂撫臉嚇呆，慶鑫惱羞著僵立，半響才驚醒跳起追出。

扣兒撫嘴瘖哭著從店後奔出來，侯成棟、羅巧手驟見驚愕，扣兒奔向外門抽門開門衝到街上，羅巧手驚起追出去。侯成棟快若鬼魅的越過他竄出門外，街道昏黑寂靜已沒有扣兒的蹤影。

慶鑫也追出店外，侯成棟攔住他問：

「發生什麼事？」

「她誤會我跟胭脂……」

侯成棟吃驚怒問：

「你跟胭脂怎麼樣？」

「沒怎麼樣，是她誤會！」慶鑫煩燥的想把他推開，卻被侯成棟猛力推回去：

「我去追她，你先回去！」

「侯叔……」慶鑫激憤的衝前，侯成棟寒下臉，怒斥：

「有話以後說，你回去！」他說著轉向羅巧手：「鎮宇，交給你！」

侯成棟返身竄起躍上牆頭，慶鑫搶身要追，羅巧手揮肘猛撞，把慶鑫撞得踉蹌退回店內。羅巧手跟隨慶鑫進店關門，慶鑫氣恨得握拳瞪眼，咻咻喘息。

他憤怒的回到密室，坐到椅上，胭脂呆著望他，眼眶含蘊痛淚，沉默，兩人悲憤互望，胭脂決然跳到床下，向門外走，慶鑫奔前攔住，胭脂痛淚流下，沿腮流到唇角，慶鑫悲聲哽咽：

「胭脂，他們不會讓妳走。」

胭脂淚流不止，說：

「哥，她冤枉你，我跟她說清楚！」

扣兒回到慶升戲班，慶奎叫醒慶香，慶香驟見她，以為在夢裏，三人淚眼相望，扣兒眼眶紅腫，卻仍擠出笑容，慶香哭著訴說被抓進提督衙門的經過，扣兒也告訴他們師父過世，已經安葬在城郊樹林裡。

慶香吵著立時要去師父墳前祭拜，扣兒強忍椎心悲傷，力持平靜的安撫他們，說街頭柵欄關閉上鎖，不能進出。是時北京街頭，為防宵小流竄，遏止鼠竊狗偷，多在通衢街口普設柵欄，夜深關閉落鎖，嚴禁進出，故扣兒以此搪塞，極有說服力。

扣兒安撫了慶奎、慶香、轉到慶鑫房裏撿出一些衣褲包成包袱，慶奎、慶香在後呆望著她的舉動，扣兒強笑說：

「我撿些三師哥的換洗衣服，耽會你們帶過去，他現在天橋一家雕刻鋪子裏，班子散了，師兄弟不能散，要凝聚。」

「妳呢？」慶香哭著問。

「我隨後就去。」

「我們一起去。」慶奎沉聲說。

「不，你們先去！」

門外候成棟出聲：

「扣兒別使性子，妳剛看到的是場誤會！」

扣兒沒說話，把手裏包袱遞給慶奎，候成棟向扣兒說：

「外邊有衙門的樁子，你們從後邊走！」

「讓他們先走！」扣兒神情平靜堅定的說：「候叔，你別逼我，腳長在我腿上，我去了也會再走！」

候成棟著急跺腳：

「唉，這時候你們還為了這種事嘔氣！」

慶香哽咽著問：

「師姐，妳要去哪兒？」

扣兒轉望侯成棟，說：

「我不會為這種事跟二哥嘔，我只想在我爹墳地附近找戶人家暫住幾天，以後會去找你們，侯叔，你帶他們從後邊走吧，我走前邊，吊開衙門的樁子！」

侯成棟眼中閃過厲色，扣兒已搶先跑出前門去了，他緊咬牙根揮手，帶領慶奎、慶香奔向院後。

老區眼光一凝，身軀挺起，見馬扣兒奔出門外，拔腿就跑，老區直覺跳起追趕，扣兒狂奔、轉眼隱進街角。老區奔過街牆，正要加速追趕，猛見扣兒冰冷的抱肘在街牆邊站著，老區急煞腳步衝到她面前，怒叫：

「妳跑什麼？」

後邊羅青峰也銜尾追來，邊跑邊叫：

「抓到沒有，別讓她跑……」

老區惱怒的喝叫：

「妳跑什麼跑？」

「你追我就跑啊！」扣兒黠聲問：「你追我幹嘛？」

「我…」老區倒被她猛地問住了。羅青峰追到，看到眼前情況霍然驚覺：

「糟，調虎離山，老區，你趕快回去看，唱老生跟唱小旦的一定溜了。」

老區跳起回頭跑，羅青峰一把抓住扣兒的手，獰笑說：「臭丫頭，膽敢戲耍爺們，爺們也讓妳難過難過！」

旁邊有人冷聲喝：

「放手…」

羅青峰桀敖的擰頭回視，看到善保、安春喜站在牆邊，背後跟著一頂小轎，安春喜見羅青峰不識善保，尖聲叫：

「想死嗎？貝勒爺叫你放手。」

羅青峰被他氣勢震懾，不覺鬆開抓扣兒的手，善保兩眼翻天的問：

「那個衙門的？」

「提督衙門緝盜營……」

善保截斷他的話：

「這個馬姑娘犯了什麼事？」

羅青峰正要回答、善保接著說：「不管她犯什麼事，人交給我，我帶走。」

「您是…」

善保兇橫怒斥：「安春喜，把我的轎子給馬姑娘坐。」

「者！」安春喜躬身諂笑著走到扣兒面前：「馬姑娘請吧。」

扣兒決絕的閃身躲開：

「我不去。」她轉臉向羅青峰叫：「總爺，我跟你去，我到提督衙門有話說。」

善保臉色微變、羅青峰進退維谷，扣兒跺腳：

「總爺，你不是要抓我嗎？走啊！」

善保陰聲橫眼瞪安春喜說：

「安春喜，請馬姑娘上轎！」

「者。」

安春喜伸手抓攫扣兒，扣兒向羅青峰身後躲，安春喜驕橫的把羅青峰推開，抓住扣兒手臂，扣兒驚恐掙扎著喊：「總爺，總爺！」

羅青峰瞠目無措，安春喜蠻橫的把扣兒拖進轎內，掌刀砍頸把馬扣兒打暈，小轎跳閃著吱吱聲向胡同裏走了。安春喜跟在轎旁疊聲的催促著轎夫快走，片刻彎進牆角隱去。轎夫疾走累得滿頭冒汗，咬牙硬撐，安春喜仍然敲著轎杆催逼著、轎夫因疾奔腳步零亂，小轎彈跳搖擺，轎簾閃撲間，露出轎內的扣兒被蒙眼堵嘴捆綁著手腳。

小轎抬到齊嬤嬤家，善保已操小路先到，他詭譎的向齊嬤嬤擠眼說：

「跟以前一樣，借妳家用用！」

齊嬤嬤顯出為難驚恐：「貝勒爺，我家丁卯常來。」

「那怎麼樣？」

「您換個地方，秘密安穩得多。」

善保冷哼，說：

「哼，只要我高興，前門大街也能搞，什麼秘密安穩，誰敢管我？」

小轎撞開門抬進院中，安春喜指揮轎夫把扣兒抬進屋內，扣兒劇烈掙踢著被放在椅上，善保扯掉她蒙眼黑布，扣兒怒恨得眼眶飽含痛淚，善保捏捏她的臉陝說：

「別橫眉豎眼，我今格不想玩妳，只問妳幾句話，妳老實說了就放妳回去。」

扣兒嘴裏塞著布團，有口難言，向他怒目瞪視，善保向安春喜揮手：

「把她嘴裏布團摳出來。」

安春喜挖出扣兒嘴裏布團，善保斂去笑容湧現獰厲說：

「馬姑娘，唱鍾馗那天，跑上臺叫杜慶鑫哥哥的那個女孩是誰？」

「我不知道！」

「妳老實告訴我、我就放妳。」

「我真的不知道，二師哥從路上把她撿回來的。」

「路上撿回來，怎麼撿法？」

「她混身是傷，又淋了雨掉進陰溝，我師哥救了她，就這麼撿的。」

「噢！」善保思忖：「你們不知道她的來歷？」

「不知道！」扣兒決然說。

「沒問過她？」

「問過，她說都忘了，連名字都忘了。」

「連名字都忘了？」善保嗤笑：「這瞎話編得太玄了吧？」

扣兒懶得聲辯，索性閉嘴，善保再問：

「她的名字不是叫胭脂嗎？」

「那是我看她脖子上挂個胭脂盒，臨時叫的！」

「噢！」善保愣著想，扣兒挺身叫：

「你問得話我都說了，請你放我走。」
「早晚會放妳走，不過妳的話我要查證確實。」
扣兒憤極要罵，嘴剛張開又被布團塞住了，善保向安春喜擠眼：
「送她到白雲觀，交給鶴足老道！」
安春喜叫進轎夫再把扣兒抬進小轎，轎子迅速抬起，疾走出去，安春喜丟一塊銀錁在桌上，向齊嬤嬤說：
「齊婆子，你眼瞎耳聾才能活得命長，嗯？明白？」
安春喜說罷追隨善保跟著小轎離去，齊嬤嬤提在喉嚨的一口氣終於吐出來，她趕緊抓過銀錁塞進櫃中，猛聽門外有輕響，她嚇得愴惶把手縮出櫃外。
回頭看到院裡走進丁卯，她嗔怪的斥責：
「丁卯，你鬼鬼魅魅，撞邪了？」
丁卯懶散的進門：
「我沒撞邪，倒撞到善保貝勒了！」
齊嬤嬤變色不再說話，兩眼驚恐的怯望丁卯，丁卯在椅上坐下，冷森的眼光向門外望著：
「乾媽，妳知道我妹妹丁娟是怎麼死的？」丁卯憤恨的一拳猛擊在桌上，跳起衝到齊嬤嬤面前，咬著牙根從齒縫中說：

「善保蹧踏了丁娟又把她殺了，你知道？」

齊嬤嬤踉蹌後退，丁卯一把抓住她的肩膀：

「善保在白雲觀殺死她，又放火燒屋毀屍滅跡，丁娟被燒成一堆焦炭——」丁卯切齒出聲：「乾媽，你知不知道？」

齊嬤嬤驚恐搖頭：

「我不知道，善保逼迫我……」

丁卯憤激怒恨得眼眶赤紅，嘴角噴沫：

「丁娟把你當親生母親一樣侍奉，她把宮裏好吃的，好用的都偷著挾帶出來孝敬你，你養個親生女兒也沒這樣孝順，你怎麼忍得下心把她賣了？」

齊嬤嬤抖顫著掙扎說：

「我，我是被逼的，善貝勒在宮裏看上她，逼我撮合，我安排他們見面，是丁娟自己願意，她親口告訴我說善貝勒會娶她做偏的……」

「娶她做偏的？善保因為奉懿旨賜婚，怕她泄漏醜事才殺她滅口的。」丁卯猛推，把齊嬤嬤推開：「乾媽，你回鄉下吧，將來善保會殺你滅口，你趕快走吧！」

「我…」齊嬤嬤愧疚的說：「我…」

丁卯目注她截聲問：

「剛才轎子裏抬的是誰？」

「是唱戲的馬扣兒！」

丁卯失驚：

「馬扣兒？糟了。」

小轎跳閃著急走，安春喜扶著轎杆緊隨轎旁跟著。胡同寂靜，角落旋撲著枯葉黃土，一隻野狗夾著尾巴在牆旁巡逡。寂靜深巷中吱吱轎聲和匆促腳步格外清晰，驚得樹上幾隻烏鴉在枝椏間撲翅跳躍。安春喜抬頭張望烏鴉，開口想罵，驀地眼光一凝，看到路前牆頭上有兩個蒙面人站著。

蒙面人跳下地，攔在路中、小轎勉強停住，安春喜跳前喝罵，態度囂張強橫：

「幹什麼？好大膽子！」

他喝聲驟斷，一個蒙臉人的匕首在他臉腴劃過，安春喜驟疼撫臉，撫得滿手溫濕熱血，讓他魂飛魄散，握刀的秋荷推開他，撥開轎簾，拉出扣兒，和接應的芙蓉架起她，竄起躍上牆頭不見了。

轎夫驚魂甫定嘶喊：

「抓賊，強盜啊……」

安春喜暴怒的搧他個嘴巴：

「嚎什麼？轎子裏抬的人，能張揚嗎？」

轎夫撫臉噤聲，安春喜湧身跳進轎內，跺腳：

「快，抬我去找大夫！」

軟轎被迅速抬走，丁卯隱在牆角，冷眼觀望著。

芙蓉、秋荷架著扣兒躍落門內，秋荷替扣兒割斷綑繩，挖出塞嘴布團，然後拉下蒙臉黑巾，扣兒驚顫的叫：

「九爺？」

「跟我上樓吧！」芙蓉溫煦的攬過扣兒，向秋荷說：「你到外頭瞧瞧！」

上了樓，芙蓉親自放落廊下竹簾，捧茶給扣兒，按她落座說：

「慶鑫常到我這兒喝酒，他跟我像姐弟，一點都不拘束！」

扣兒離座跪倒：

「叩謝九爺救命！」

「別別……」芙蓉急忙攙住她：「我跟慶鑫情份不同，有難當然要救，老班主死在提督衙門讓我憾恨，我曾向恒老爺力保，誰想到慢一步，有人用毒針暗殺他滅口！」

「毒針暗殺滅口？」

「對，苗疆慣用的吹管毒針，你爹有江湖恩怨嗎？」

「沒有，我爹安份謹慎，絕對不會跟人結怨、也許侯叔……」
「侯叔是誰？」
「是戲班的琴師，我慶鑫師哥就是被他養大的。」
芙蓉雙眉聳動，意味深長的「哦」一聲，轉眼望到秋荷上樓，眼珠微轉，故意問說：
「外頭有動靜？」
秋荷點頭，芙蓉滿臉焦慮憂惶的向扣兒說：
「這麼說慶鑫怕更危險，我們得趕緊警告他，扣兒姑娘，慶鑫現在藏在哪？」
扣兒心急如焚，脫口說：
「在天橋一家雕刻店躲著。」
「慶鑫的師兄弟！」
侯成棟帶領慶奎、慶香走進雕刻店，羅巧手迎住他們，侯成棟簡截的介紹：
羅巧手掃望慶奎、慶香詢問侯成棟：
「我師姐呢？」
「這丫頭擰得很，不管她了，咱們得儘快想法子出京！」
羅手巧點頭、慶香被店內詭異氣氛所懾緊抓著慶奎悄聲問：
「二哥在哪？」

侯成棟聽到回頭說：

「慶鑫在後邊，去問大腳丫頭。」

慶奎、慶香怯懼的經過滿屋雕像走向店後小廳，羅巧手望著他們，問侯成棟：

「慶鑫他們走，小姑娘怎麼辨？」

侯成棟凝思片刻，說：

「她看過慶鑫的保命符，寧可錯殺，不能讓消息洩露。」

羅巧手點頭。大腳正要按機關開啟密室，突聽密室內發出咚咚響聲，她愕異的停住手，由開啟的門縫向裏看，見慶鑫正鬱燥的握拳擊牆。胭脂懇求的緊抱著他的臂膀企圖阻止，慶鑫粗暴的把她推開，連續數拳猛擊，拳頭皮破肉綻，牆壁血漬飛撲，慶香在門外歡聲喊叫，慶鑫聽得喊聲跳起奔到門前：

「慶香！」

慶香等密室開門衝進去、抓住慶鑫歡喜得哭出聲音，慶鑫問慶奎說：

「師司，扣子呢？」

慶奎也眼眶濕紅的說：

「扣了說要給師父守墳。」

「別的師兄弟呢？」

「散了，都散了！」

慶鑫痛苦的抱著頭坐下，半向，滿臉淚痕的問：

「師父葬在哪？」

「師妹說葬在城西，一座樹林裏。」

慶鑫悲痛的抹淚說：

「是我害死師父，我對不起師父……」

門外傳進侯成棟的喊聲：

「慶鑫出來，我有話說！」

慶鑫虛脫的站起，走出密室，胭脂露出驚恐，想追出去，衝到門邊接觸到侯成棟森冷的目光，不覺怯懼的站住。侯成棟拉著慶鑫到後院，院中有口水井，井臺突出，有木架和轆轤繩吊桶。侯成棟站到井旁，神情嚴厲的轉回頭望胭脂：

「你問過她保命符的事？」

「問過，她說沒見過，也不知有保命符藏在觀音裡！」

「她沒見過，怎麼知道是藏在觀音裡？」

「是我說的，你不是要我問她嗎？」

侯成棟冷笑、慶鑫焦燥鬱憤的說：「她只是個柔弱的小姑娘，爬窗時碰倒觀音，不相信她，可以趕她走，何必追究…」

「不行，寧可錯殺，不能放她走。」侯成棟殺機森森，慶鑫嚇得退開數步：

「你要殺她？」

「她是禍根，留著她後患無窮！」

慶鑫激憤的衝前：

「就為懷疑她看過我的保命符就殺她，我到底是誰？我的身世背後到底隱藏什麼？」

他向侯成棟質問逼視，侯成棟神情冷森閉口不言，慶鑫負氣轉身衝回密室，他鐵青著臉向慶香吼叫：

「你們都出去！」

他叫著摔身在椅上坐下，慶香、慶奎難堪的退出門外，侯成棟示意大腳把密室的門關上。胭脂眼光清冷的望著慶鑫，走近他，抓住他的手，柔聲平靜的問：

「是為我嗎？」

慶鑫點頭，眼眶氤氳淚花：

「侯叔不相信妳，他認定妳看過我的保命符，說你背後有陰謀……」

胭脂愣著望他，平靜的說：

「我有辦法讓他相信我。」她說著走到門邊叫門，「大腳姐，開門！」

密室門開，胭脂側身衝出，慶鑫愣異困惑的望著她的舉動，見她畢直的跑向井邊，湧身就跳。慶鑫驚駭的望著她背影，失聲喊：

「胭脂，別……」

慶鑫喊著奔到井邊，激憤悲痛的跨過井欄也要跟隨跳下，後領被侯成棟抓住，拖出井外。慶鑫掙扎著痛喊：

「救人吶，胭脂跳井了！」

侯成棟甩手把慶鑫摔開，慶鑫落地痛哼窒息，但瞬間仍然爬起，直衝到井邊。侯成棟再抓拉他阻止，慶鑫憤極揮拳還擊，侯成棟接住他拳頭，扭著他的手臂把他按倒在地上。這時大腳走到井邊搖起轆轆，轆轆下井繩栓著的吊桶換成一面大網。網裏捆著胭脂，像一尾大魚。一旁羅巧手冷嗤：

「想跑？打錯算盤了！」

慶鑫伏地嘶喊：

「她是想尋死，想用死明志，讓侯叔相信她不是你們想的那種人！」

大腳扯網背負著胭脂離開，慶鑫掙扎著痛喊：

「大腳放開她，她不是你們猜疑的人……」

大腳把胭脂連網背進一間夾壁暗室，暗室裏有橫梁，大腳把網和胭脂懸吊在橫梁上。胭脂蜷曲在網中，緊閉雙眼滿臉痛苦，大腳包裹紗布的臉冷木僵硬，她凝目注視胭脂一會，扭身走出。

鄭親王府的後廳寂靜，端華和側福晉對坐說話，東珠捧茶給他們，然後退開一旁，端華愕異的聽著側福晉說：

「當時，您跟善保在廳裏說話，德良跟善保的總管站在廊下伺候，我叫東珠去探消息，她伸個頭剛好跟那個總管照面，那個總管像看到鬼，頭髮都嚇得要豎起，王爺、東珠跟東珍是孿生姐妹雙胞胎，模樣幾無差別，東珍伺候琥珀去白雲觀降香橫死，您看，這件事跟東珍的死有沒關係？」

端華愕著想，猛地拍桌：

「叫德良！」

門外有嬤嬤傳呼：

「請德二爺！」

德良撩衣急步奔進，向端華、側福晉打扦：

「德良伺候！」

端華峻聲問他：

「善保的總管叫什麼？」

「回王爺，叫安春喜！」

「納采那天你跟他在廊簷下伺候，看到東珠了？」

「看到了。」

「他神情反應怎麼樣？」

「像嚇著了。」

「他當時說過什麼話？」

「他問東珠是誰？後來又推說認錯人了，我本想叫東珠過來說話，看他舉動張惶失措，我懷疑…」

「你懷疑什麼？」

「德良不敢亂說。」

端華暴燥的拍桌：

「快說，別吞吞吐吐！」

德良轉望側福晉，說：

「我懷疑他認識東珠，知道東珍被殺，把東珠誤認成東珍了。」

側福晉驚顫的喊端華：

「王爺…」

端華暴瞪著雙眼指德良：

「你跟我去提督衙門，備轎！」

端華衝身站起，大步出門，德良在後跟著。

到了提督衙門，恒祿把端華迎進後衙花廳，端華從袖裏抽出手帕抹汗，促聲向恒祿說：

「我有要緊話說，你叫人迴避、在外邊守著！」

「是。」恒祿吃驚的答應，轉頭向長隨唐寶才喝叱：

「去，守在外邊，不准閒雜人等靠近。」

唐寶才躬身退出，關上廳門，德良趨前向恒祿打扦：

「參見舅爺！」

恒祿虛攔，情急向端華詢問：

「姐夫，別慌，發生什麼事？」

端華伸手作勢，激動的說：

「你趕快澈查善保……」

「善保？」

「對，先查他身邊那個安春喜，他跟琥珀失蹤有直接關係，他把東珠認成東珍了。」

恒祿瞠目驚駭，腦子裏閃電般掠過善保、安春喜在同慶戲園後臺喝尋『逃犯』的畫面，不覺脫口失聲說：

「啊！怪不得…姐夫提醒我，善保也在找戲臺上出現過的女孩！」恒祿說著猛嚼牙根：

「不錯，善保跟琥珀失蹤必定有關、錯不了！」

慶鑫一把抓住大腳壯碩的手臂：

「大腳妹子，她關在哪里？」

大腳扭身甩開他，閃身要走，慶鑫再跳前攔住他，拱手懇求：

「妳只告訴我地方，我說是自己找到的。」

「那個地方你找不到。那是夾壁牆，有機關操持，你絕對找不到！」

「妳告訴我機關怎麼開。」慶鑫打躬作揖。

大腳心軟，露在紗布外的眼珠閃過溫柔：

「你真是死心眼，我爹說她是對頭間細！」

慶鑫擠著臉辯駁：

「這是誤會，她是想證明清白才跳井尋死的！」

「她跳的井剛好是我們雕刻鋪唯一的逃生通路，我爹怎麼能不懷疑？」

「她根本不知道，她要知道那是逃生通路，怎麼還會掉進網裏？」

「網把井口封著，不開機關誰都會掉進網裏。」

慶鑫再軟求：「妹子，讓我看看她……」

「我不敢！」

「妹子…」

大腳意動，前後張望，壓低聲音說：

「你不能說是我告訴你。」

「我絕對不說。」

大腳再度猶豫，才悄聲把夾壁位置和機關操作都詳細告訴慶鑫，說完再慎重叮嚀：

「我沒說，是你自己找到的。」

「對，我碰巧找到。」

慶鑫找到夾壁位置，扳動機關，夾壁移開，裏面一團漆黑，他輕聲喊：

「胭脂…」

胭脂馬上有驚喜的回應：

「哥、哥哥……」

慶鑫循聲摸到懸吊在橫梁上的粗網，摸到胭脂蜷曲的包裹在網中。胭脂激動的伸出手臂緊摟他，慶鑫也把整團粗網抱在懷中，兩人緊緊擁抱，血液在各自的胸腔沸騰。

雕刻鋪門上「碰」地一聲輕向，接著有石塊落地的滾動聲，羅巧手和侯成棟對望，靜默傾聽門外動靜。門外再無聲息，羅巧手連比手勢，侯成棟會意閃身躲向門後，羅巧手走到門前拉門開門。

夜，街道昏黑寂靜，門外靜悄無人。

他戒慎的搜看街道屋角，屋脊和牆頭，最後眼光凝注在地上。門前階下有個包裹石頭的紙團，羅巧手彎身撿起紙團，眼光再搜索街道，慢慢退回門內，關門落門。

羅巧手在門內急把紙團打開，念：

「衙門出動巡捕營圍捕，快走！」

侯成棟搶過紙團：

「誰送的消息？」

「不知道！」羅巧手搖頭困惑。

侯成棟凝思瞬間，決然說：

「寧可信其有，咱們馬上離開。」

「好，我叫他們收拾，從密道走。」

羅巧手聳動著矮墩的身軀奔向店後，侯成棟再從門縫窺望街道，見街角有丁卯身影一閃而沒。

店後羅巧手督促大腳收拾衣物細軟，齊聚到井旁，侯成棟不見慶鑫，急得跳腳，大腳見他情急激怒，不敢說出真象，只謊說剛才慶鑫聽到胭脂叫喊，去循聲尋找。情勢緊急，侯成棟急尋到夾壁室，拉開機關探頭向裏急叫：

「慶鑫，慶鑫在裏邊嗎？」

「侯叔⋯」黑暗中果有慶鑫回聲：「我在這兒⋯」

「出來，快！」

「幹嘛？」慶鑫抗拒著。

「有緊急情況，我們得馬上走！」

「走？去哪兒？」

「先離開，衙門的人馬上就到了！」

侯成棟說著衝進夾壁，昏黑中看到胭脂已跳出網外，和慶鑫站著，侯成棟拖開慶鑫說：

「你先走，把她交給我。」

侯成棟抓胭脂，胭脂驚恐的向慶鑫身後躲，慶鑫挺身阻擋，侯成棟怒喝著猛推慶鑫，把慶鑫推得跌撞摔開，慶鑫陡地激起反抗的憤怒，衝前硬擋侯成棟手臂，搶過胭脂，護住她，侯成棟暴睜怒目：

「讓開！衙門的人來了，她是禍根，是個累贅包袱。」

「是禍根累贅就放走她！」

侯成棟決絕，殺機盈胸：

「不能放她，不能留活口。」

慶鑫挺身堅決：

「你要殺她，先殺我！」

侯成棟舉掌欲擊，掌揮到半空，僵住了。三人對峙，羅巧手奔來叫：

「快呀，快走！」

侯成棟憤恨地摔下手，說：

「好，帶她走，路上再說！」

慶鑫緊抓著胭脂跟隨眾人到井邊，大腳已在井旁等著，羅巧手湧身跳上井欄：

「我下去接應，一次一個。」

說著跳進井內，大腳搖轆，井繩下墜，片刻停止，井繩在下扯動，大腳又把轆轤吊網搖到井，侯成棟說：

「胭脂先下。」

慶鑫挺身說：

「我跟她一起下。」

大腳說：

「井繩禁不住兩個人，會斷！」

慶鑫深望胭脂瞬間，向侯成棟說：

「好，我先下去，侯叔，胭脂沒下來，我就自己了斷。」

侯成棟勉強點頭揮手：

「好了，快！」

慶鑫跳進吊網下井，胭脂臉色蒼白，嘴唇打顫的望著，吊網瞬間升起，大腳推胭脂跳下，天空突地響起一聲銳嘯，漆黑夜空爆出響箭信號。侯成棟變色催促：

「快，快！」話聲中雕刻鋪的門被敲響了。

雕刻鋪外郝長功握拳擂門，捕快兵勇等弓上弦，刀出鞘的在門邊堵著。

街道兩端豎立柵欄攔住通路，柵欄上懸著整排「提督衙門巡捕營」的燈籠，燈籠下旗幟撲閃，兵勇排列，刀槍寒光刺眼耀目。對街，親弁侍衛簇擁著恒祿站在滴水簷下，恒祿身旁舉著兩盞紗燈，燈上寫著「九城兵馬司」和「步軍統領恒」等字。

郝長功擂著店門暴聲高喝：

「開門，提督衙門捉賊查贓！」

恒祿低叱：

「撞門！」

親弁侍衛喝喊：

「撞門！」

郝長功聞聲退後，幾個捕快跳上臺階側身以肩膀撞門，「砰」地門扇被撞塌，捕快等爭先衝進，郝長功喝叫：

「留活口，循私買放者連座，嚴禁搜刮財物。」

捕快四散衝奔搜查，鋪內漆黑，郝長功喊：

「火把燈籠！」

門外奔進燈籠火把，火把燈籠奔跑搖閃，雕像在光明黑暗遊移中顯得格外凶厲獰惡。街道上，恒祿目注雕刻鋪內燈火遊移，等候抓人傳捷，突地屋檐上躍下芙蓉和秋荷，親弁侍衛見狀跳前抽刀，把她們攔住。

恒祿看到她們，有點錯愕：

「咦，妳們來幹嘛？」

芙蓉婀娜的走向前，伸手撥開親弁侍衛的鋼刀：

「我來要杜慶鑫！」

恒祿輕哂，縐眉說：

「這話多難聽，別不害臊！」

「你要想歪儘管去想，我通報你杜慶鑫和那個女孩藏在這裏，條件是講好的，我要杜慶鑫，你要女孩子。」

「好，等抓到人問過口供就交給妳。」

「等你問過口供，他不死也脫層皮了，我要現在就帶走，我們自己抓他，不勞駕你提督衙門。」芙蓉說著瞟眼秋荷：「秋荷，妳從後邊進去找！」

「是！」

秋荷竄起奔去，芙蓉也轉身要走，恒祿揚手攔住：

「呢，慢著！」

芙蓉面目冷森的扭轉臉，恒祿和顏悅色的說：

「老九，杜慶鑫跟女孩子我都要，這是朝廷重案，弄不好我這顆腦袋都要送掉，妳不要攪活，念在我們以前的情份，我不追究，妳走吧，我說過的話算數，杜慶鑫我問過口供就給妳，妳不聽勸我要翻臉了。」

芙蓉不等他完，扭頭就走，恒祿暴怒，臉都脹紅了，他怒喝：

「傳紅簽，京畿禁地，緝拿重犯，敢干擾阻礙者，殺！」

親弁侍衛喝吼：

「奉督師諭，紅簽傳佈，京畿禁地，緝拿重犯，敢干擾阻礙，殺！」

喝聲響澈街道，房頂屋脊上匍匐埋伏的弓箭手都吃驚的伸頭探望了。

羅青峰、老區帶領捕快兵勇等到處搜尋，雕刻鋪漆黑一片，房門都開著，整個鋪內都搜遍，捕快們像沒頭蒼蠅一樣亂糟糟。

突地火把燈籠照出秋荷和芙蓉，羅青峰揮刀暴喝：

「站住，這裏有兩個。」

芙蓉不理他，顧自問秋荷：

「怎麼樣？」

「到處都搜了，鋪子是空的。」

芙荷指井欄：「井裏呢？」

秋荷奔到井邊探頭張望，拉出井繩吊網，促聲說：

「井裏有吊網，可能是密道。」

芙蓉抓住吊網：

「下去，下去看看。」

秋荷白眼翻翻但仍跳進吊網，芙蓉搖轆把她放下，自己也跟隨跳進網內，羅青峰在旁看得進退維谷，老區用刀柄撞他：

「喂，動手啊！」

「動什麼手？」羅青峰橫眼瞪他，老區指井跳腳：

「攔住她們啊！」

「怎麼攔？她們既沒阻礙也沒干擾，而且是大帥的『嗯嗯』，得罪她，你這顆腦袋瓜還要不要？」

正說著，親弁侍衛喝叫：

「督帥到！」

喝聲中恒祿撩袍衝進雕刻鋪，衝進後院，他邊走邊喊：

「那兩個女的，把她們攔住⋯」

老區聽著爭功的跳上井欄，抓繩拽網，卻沒站穩腳步，閃了幾閃，撲通掉進井裏去了。

丁卯翻牆潛進依虹樓。樓上寂靜，孤燈搖影，他悄聲輕喊：

「馬姑娘，馬老闆⋯⋯」

床上羅帳內應聲響起咿唔掙扎聲，丁卯奔到床前，撩開羅帳，見扣兒被捆綁著手腳，塞著嘴倒臥在床上。丁卯抱起她扛在肩上返身衝奔下樓、扣兒掙扎扭動、丁卯情急地叫：

「我是丁卯，芙蓉老九是江湖高手，她回來我們就難脫身了！」扣兒不理繼續扭掙、丁卯再說：「我是杜慶鑫的朋友、豁了命來救妳。」

扣兒仍踢滾掙扎、丁卯奔出暗巷把她放下、抽刀割斷繩索、扣兒自己挖出嘴裏布團、退到牆角，驚恐得顫抖著：

「我再不會相信你們。芙蓉老九也說救我，誰知道你們安什麼壞心？」

「唉！」丁卯急得抓耳搔腮：「我對天發誓——」

扣兒乘他疏神，猛地跳起轉身狂奔，丁卯頓足捶頭的隨後追趕著叫：

「呃、喂，妳聽我說…」

扣兒狂奔衝進一間破屋，回身關門拼命抵住，丁卯追到情急撞門，扣兒被衝得摔退，門板塌倒。丁卯搶衝進屋，扣兒驚怖的退避到牆角，嚇得眼淚傾流混身戰抖，丁卯誠懇的走到她面前說：

「馬姑娘，你誤會我…」

扣兒驚恐的哭著：

「你不要逼我…」

「好！」丁卯搖手：「我不逼妳，也請妳別害怕，我絕對沒惡意。」

「你追我，抓我，還說沒惡意。」

「我追妳是擔心妳，想保護妳…馬姑娘、我想幫妳！」

「想幫我？你們害死我爹，逼得我們慶昇戲班五零七散，還說幫我？」

丁卯激動得猛捶頭額，咬牙說：

「我真的想幫妳，老天爺知道，從妳第一次登臺，我就…」

丁卯把話嘎在喉中，向扣兒瞪望著，扣兒瞪圓眼睛望他，眼淚盈盈的閃灼，丁卯激動的轉開身，把地上殘磚破瓦踢開，聲音低啞的說：

「從那時起我就喜歡妳，我知道我沒資格說這個，像妳這種名藝人只會看得起高官富商，不會看得起像我這種…」他深深吸氣，再把氣吐掉：「我是真心的想幫妳，妳別誤會我…」

「你真想幫我，就放我走！」扣兒鼓氣說。

「我當然會放妳走，可是現在三更半夜，你一個年輕姑娘，太危險了，我想把你帶到我家…」

「我不去！」扣兒神情堅決。

「要不我們在這裏等天亮，天亮以後妳只管走好了。」

扣兒沒再說話，但仍恐懼的向他瞪望著，丁卯在另一處牆角蹲下，席地坐倒。黑夜寂靜，冷月，寒星在崩塌的屋頂閃灼，牆根野草間有蟲鳴唧唧。沉默，丁卯沉重的舒氣說：

「我想幫妳另外還有個原因，妳像我妹妹，她死了，被火燒死，而害她的那個畜生，現在正要害妳！」

「誰，你說誰？」

丁卯搖頭，抹乾淚漬，一股冷風鼓進，扣兒瑟縮抱肩，丁卯站起脫掉外衣擲給她說：

「這個人是人面禽獸，專門糟蹋蹂躪婦女的紈褲子！」

衣服落在扣兒面前，扣兒愣著觀望一會，緩緩伸手拿起披了。

西城城腳下一片荒林，荒林裏野草蔓藤叢生，崎嶇難行，一群人摸黑在荒林裏疾走，踩得野草爛泥「嘖嘖」出聲。慶鑫攙扶著胭脂，慶奎拉著慶香，候成棟在前領路，羅巧手和大腳跟隨在後，一夥人匆促行進，間歇響著胭脂咬牙忍痛的哼聲。慶鑫輕聲問她：

「腳痛？」

「嗯，好疼！」

「再忍一會，前邊就到了。」慶鑫說著向前喊：「候叔，還有多遠？」

「噓……」候成棟噓他：「快走！」

月光篩進樹林縫隙，慘白的月光下，野草叢裏一堵新墳，墳上插著一蓬樹枝，樹枝綁著紙花，隨風飄拂，候成棟緊走幾步奔到墳前，轉過身說：

「這就是你們師父的墳，不准大聲哭，這裏離驢馬市不遠，免得驚動早市買賣牲口的人。」

慶香望著新墳氣噎抽泣。慶奎拍著他哽聲：

「要哭就哭，別強忍著！」

慶香抽噎著說：

「我不信師父埋在這裏…師父一定還活著，前天他還給我梳頭，說要教我踩蹺，我不相信他會死…」

慶香說著跪到墳邊，放聲哭出：「師父…」

慶香、慶奎撲倒墳上哀號，慶鑫望著新墳混身顫抖，他曲膝跪下，俯地切齒痞哭，咬牙聲和著他拳頭痛擊地下泥土。

一片號哭聲中突地響起胭脂驚恐的掙扎，慶鑫聞聲轉頭看，見大腳拖抱著胭脂，搗著她的嘴拖向樹林深處，慶鑫暴怒跳起撲過去，大腳裝做害怕，急忙放手，胭脂撲進慶鑫懷中，侯成棟一把把她拉出。慶鑫跳起搶奪，侯成棟擋開他，怒斥：

「這女孩不能留著，我們要出城，不能留她活口。」

慶鑫橫身擋住胭脂，咬著牙根說：

「侯叔，從小你教我學戲，學的都是忠孝節烈，英雄義氣，從沒學過一齣殘殺無辜的戲碼，有，那不是英雄義士，是勾白臉的奸雄盜賊！」

侯成棟厲聲說：

「你別受騙了，她是假的，裝的！」

慶鑫哽聲懇求說：

「侯叔，她不是假的，她真的忘了她自己！」

侯成棟怒瞪胭脂：
「她居心叵測，馬腳早露了，她一眼就測透羅巧手的逃生機關，情急心虛要從井裏秘道逃走。」
慶鑫激憤得臉紅筋暴：
「她是去跳井，不是要逃走，她跳井尋死就是想證明自己無辜！」慶鑫說著再懇求：「侯叔，你懷疑她，就讓她走，何必一定要殺她，下這種毒手？」
「不行。侯成棟面目猙獰的說：「她知道你的事太多，不能留她，留她我們一定招禍。」
「不會，她知道也不會說……」
「你閃開，我們沒時間了。」
侯成棟滿臉殺機的抓攫胭脂，胭脂嚇哭繞著慶鑫的身體躲，陡地慶鑫跳起，張臂抱住侯成棟，嘴裏狂喊：
「胭脂，跑，快跑！」
胭脂躊躇一下，拔腿就跑，羅巧手疾閃跳前攔截，大腳像一堵牆似的，擋得他礙手礙腳，羅巧手怒斥：
「大腳，閃開！」
大腳嘴裏應著，身體卻總在羅巧手身前絆著，羅巧手恨得揚手要打她，慶鑫疊聲呼叫：

「胭脂，跑，快跑！」

胭脂跑進樹林不見了。

黎明，胭脂歪歪倒倒的在街旁走著，她臉色蒼白，眼角淚痕被塵土塗汙著。

街道冷清，街旁有賣豆汁和炒肝的攤子，熱氣蒸騰，散發著食物的味道。胭脂經過食攤，愣著凝望竄冒熱氣的鍋沿和壺嘴，饑餓的神情從嘴角的牽動流露出。她腳步仍機械的移動，眼光卻目注食攤，走著突地撞在一個人身上，她吃驚地抬頭看，穿著道服拿拂塵的鶴足道人稽首說：

「參見郡主！」

胭脂錯愣，愣愣的向他望著，鶴足說：

「郡主不認得我了，貧道是白雲觀的鶴足道人。」

「白雲觀？」

「是啊，西郊的白雲觀。」

胭脂滿臉茫然：

「你說，我是郡主？」

「是啊，鄭親王府的琥珀郡主！」

「琥珀？」胭脂喃然念誦著，滿臉痛苦的撫頭：「我想不起來了，你真的認得我？」

「認得，邵主來過道觀進香，貧道認得。」胭脂痛苦的說：「我什麼都忘了，什麼都想不起來了。」

「不要緊，鄭親王府貧道知道，貧道送郡主回府。」

胭脂歡喜的綻露笑容：

「你送我回府呵，好，謝謝你了。」

鶴足道人轉身帶路，扣兒轉出街角，看到胭脂，詫愕。

鶴足道人把胭脂帶到善保的貝勒府，他讓雇來的小轎直接抬進府門，胭脂好奇的掀開轎簾張望，只見朱門高階，僕婢穿梭，守門僕人見到小轎直進，張臂阻止著陪笑：

「道爺⋯⋯」

鶴足搶先說：「趕快傳稟，說郡主回府！」

「郡主？」

鶴足擠眼揮手：

「快去稟報主子，說郡主回府了。」

門僕轉身奔進內院，小轎在庭院停住，胭脂下轎陌生的張望，門外，扣兒閃縮著跟蹤窺視。鶴足引領胭脂走進內院。經過假山。魚池。迴廊。胭脂左瞧右看，走走停停。一陣急促腳步奔到，響著善保的笑聲：

「喝，鶴足老道，你真有神通，我費了九牛二虎之力找不到她，你拂塵一揮就把她帶來了。」

胭脂愣著望他：

「你是誰？」

善保獰笑，胭脂轉臉問鶴足：

「他是誰？」

「他是善貝勒！」

「善貝勒是誰？我哥哥嗎？」

善保呲著牙森笑：

「嘿，妳就知道叫哥哥，不嫌叫多了肉麻嗎？」

胭脂見善保神情不善，轉臉再問鶴足：

「你說我是琥珀郡主，我父母呢？」

鶴足支吾著望善保：

「嗯，王爺跟福晉都不在府裏⋯⋯」

善足不耐的縐眉說：

「鶴足，你搞什麼玄虛呀？」

鶴足輕扯善保衣袖，把他拉開一旁，指著額頭輕聲說：

「她什麼都忘了！」

「什麼都忘了？」善保沒聽懂他的話：「她忘什麼？」

「她把所有的事，姓甚名誰什麼都忘了。」

善保難以置信的望他，嚴厲的問：

「真的，假的？」

鶴足回顯望胭脂，堅定的點頭：

「真的，我試過了。」

善保驀地綻開笑臉：

「好，好極了。」善保歡聲問：「你說她是郡主，那個王府的郡主？」

「鄭親王府。」

「鄭親王府？端華的女兒？」善保身軀一震，笑臉僵了：「她叫琥珀？」

「郡主的閨名就叫琥珀。」

善保著急，反手一把把鶴足抓住：

「你乾脆俐落的說，別拐彎抹角。」

鶴足道人把拂塵甩在肩上，繞著胭脂走，胭脂讓他看得毛骨悚然，顯出驚怖，鶴足邊走邊說：

「這幾天衙門的捕快，在白雲觀翻來覆去的盤查，說火場燒焦的女屍是郡主！」

善保沖口說：

「燒焦的是郡主？不是丁娟嗎？」

鶴足道人臉色僵凝一下，呶嘴指胭脂向善保示意，善保嗤笑著斜眼望胭脂：

「放心，她不會活著出去了。」

「小心謹慎總不會出錯，咱們到旁邊說！」

善保點頭喝叫：

「安春喜！看著她！」

善保和鶴足轉到假山背後，胭脂心頭恐懼，不安的向假山張望、問說：

「他們去哪兒？那個道人呢？」

胭脂說著要追過去，被安春喜抓住臂膀，胭脂直覺反應怒斥：

「放肆，放手！」

安春喜驟驚把手鬆開，被她自然迸露的威儀震懾住，但他驚懼瞬間旋即清醒，瞪眼發橫的再把她抓進手中：

「喲喝，還給爺們張牙舞爪的耍威風？妳知道這是哪兒？死到臨頭還耍橫？」

胭脂掙扎：

「那個道人說這是我家……」

「他還說妳是郡主呢，看妳美得！」

假山背後的鶴足悄聲和善保說話，善保凝神聽著，鶴足說：

「接連幾天提督衙門在白雲觀反復盤查，說在『會仙福地』火場外被殺的婆子跟婢女，是跟隨鄭親王府的琥珀郡主去進香的，我們知道燒焦的屍體是丁娟，可衙門捕快卻懷疑是琥珀郡主，因為…」

「說呀，別喘大氣！」善保瞪著眼珠傾聽，難掩焦急

「因為丫頭婆子死了，郡主下落不明，可在燒焦的屍體旁邊卻發現有郡主貼身攜帶的佩玉，所以捕快懷疑……」

善保抬手攔阻他，遙指胭脂問：

「你怎麼說她是郡主？」

「死的丫頭婆子是跟她去白雲觀的。」

「難怪…」善保凝目思索，鶴足問：

「聽說太后懿旨賜婚……」

「嗯！」善保凝目神馳：「就是她，琥珀……」

善保送走鶴足，囚禁胭脂，回到後堂向父親鳳祥稟報，鳳祥驚愕的問他：

「她真是琥珀？」

可以確定，鶴足會攝魂法，就是洋教士的催眠術，一經施法攝魂，心裏絲毫秘密都藏不住。」

鳳祥驚愓的問：

「這鶴足道人是怎麼個來歷？」

「是白雲觀凌虛道長的徒弟。」

鳳祥思索，微伸出手，側立侍候的聽差趕忙把水煙遞在他手中，鳳祥呼嚕著抽煙，半響抬起頭：

「在弄確實真假以前，別傷害她，要真是琥珀再弄確實她喪失記憶是真是假，要都是真的那就最好。」

「阿瑪，我聽不懂！」

「我慢慢解釋。」鳳祥吹掉煙蒂說：「若是發現破綻，是假的，就當機立斷除掉！」

「好，我知道了。」

鳳祥把水煙重重放在桌上：

「這個鶴足道人也是禍害⋯⋯」

善保錯愕的望他，鳳祥曲指敲桌。

「他是個活見證，你的劣跡，一本賬都在他手裏了。」

善保悚慄無言，臉色變了。

一個機靈丫頭捧著食盤走進側院小廳，坐在廳內眼光清澈儀容端莊的胭脂沉靜的向她望著，丫頭微曲膝頭說：「給格格送點心。」

胭脂神態雍容的頷首，微微縐眉說：

「妳認得我嗎？有個道人說這是我家，我是郡主……」丫頭搖頭，把食盤放上桌，胭脂見她搖頭，急說：

「我不是？」

丫頭抽帕掩嘴說：

「婢子奉命給格格送點心，別的都不知道！」

「這不是我家，這是什麼地方？」

「這是多羅貝勒善保的府第。」

「善保？」

丫頭顯出忐忑驚慌，強笑著端碗給胭脂：

「請格格用點心。」

胭脂不接碗，抓住她手臂：

「善保是誰？」

丫頭微掙，碗內點心潑出，安春喜在門外叫：

「送了點心趕快走，拉拉扯扯幹什麼？」

丫頭驚恐，奪手放下碗愴惶離開，胭脂腦中閃過一團火焰血污的混沌景象，追索苦思，卻又消失無蹤，喃然說：

「善保，這名字好熟……」

鑼鼓喧天震耳，一些壯漢抬著神輿舞出永定門，神輿旁舞著黃羅蓋傘，傘沿繡著『南市城隍』的字樣。

一列「肅靜」「迴避」的牌匾峙行在兩邊，神輿行列前幾個開臉化妝的神將和仙女踩蹺開道，配合著鑼鼓點舞蹈跳躍，逐開閒雜人等，讓神輿通路更寬敞。鑼鼓喧鬧和高蹺神仙引得民眾擠在城門內外圍睹，嗡嗡議論著笑鬧，對神將和仙女的妝扮指點品評。

城門旁幾條長凳上站著郝長功，羅青峰和老區，他們虎視眈眈的監看著出城的人，手握刀柄，緊張得冒汗。稍遠，一柱布蓬下，親弁侍衛簇擁著恒祿，他眼光陰鷙，心情焦燥，手指不停的在下垂的馬蹄袖裏拳曲絞纏。

人聲囂鬧，黃塵飛揚，鑼鼓喧天。開著臉扮神將的杜慶鑫和劉慶奎，心頭緊張，眼珠疾轉著觀察站在長凳上的捕快動作，扮仙女的慶香因膽怯慌亂，幾次腳步踩空，差點摔倒地上。羅巧手和大腳混在抬神輿的轎夫中，候成棟赤膊擂鼓，一條紅巾半掩著臉綁在頭上。

神輿出城，在漫天風沙中緩步前進，突地羅青峰大喝一聲跳下長凳衝進抬神輿的轎夫中：

「你，出來！」

他的喝叫驚得神輿和神將高蹻一陣大亂，慶香嚇得奔向慶奎，因衝奔過急撞得幾個高蹻都摔倒。摔倒的高蹻砸到圍觀民眾，一時呼痛怒罵亂成一團，羅青峰扭住一個轎夫拖出：

「老區，快拿鎖子，我抓住雕刻鋪的大腳了！」

老區抖著鎖鍊奔到，不由分說套在轎夫頭上，轎夫掙扎著叫：

「你們幹嘛？我沒犯法，憑什麼鎖我？」

「還說你沒犯法？你們窩藏…咦，你是男的？」

轎夫憤然扯掉包頭說：

「我當然是男的，女的有剃頭嗎？有鬍子嗎？你摸摸，你摸摸……」

轎夫拉著羅青峰的手摸褲襠，羅青峰抽手甩掉跳開一旁。

混亂，人群擁擠衝撞，慶鑫、慶奎、慶香乘機扯下戲服，甩掉高蹺躲進街旁民房。恒祿驚怒，卻無計可施，郝長功、羅青峰、老區等捕快奔突在人群中尋找慶昇戲班的人，恒祿喝叫：

「抓踩高蹻的，踩高蹻的幾個不見了，把踩高蹻的全抓起來！」

捕快等拉倒全部踩高蹺的捆了，丁卯混在捕快群裏張牙舞爪虛張聲勢，抓到機會一溜煙竄進慶鑫等躲藏的民房，侯成棟望見丁卯竄進民房，驚駭變色，他丟下鼓錘向羅巧手揮手示意，疾快竄進人叢，奔向民房。

丁卯衝進民房急喊：

「小杜！」

躲在門後的慶奎掄棍砸下，棍到頭頂被丁卯躲開抓住「杜慶鑫呢？」

滿臉抹花油彩的慶鑫從旁跳出：

「在這兒！」

「往後走，後門有人接應，快！」

慶鑫揮手，慶奎、慶香丟掉木棍跑向宅後，侯成棟閃身沖進，疾喝：

「站住！」

慶鑫等聞聲停步，侯成棟抽刀撲向丁卯，慶鑫見狀撲前阻攔，侯成棟滿臉殺機的說：

「我料理這個捕快，你們快走！」

「侯叔，丁卯是我朋友！」

「我們現在只能相信自己，不能相信朋友。」

慶鑫急憤的叫：

「丁卯是救我們的！」
「你怎麼知道他不是設陷阱⋯⋯」
慶鑫憤極怒叫：
「你不能見人就殺，不分青紅皂白。」
「為了活命，顧不得了。」
侯成棟推開慶鑫揮刀向丁卯劈砍，丁卯閃避，慶鑫不避鋒刃和身擋刀，逼得侯成棟刀法亂了，慶盡推開丁卯叫：「丁卯，你先帶慶奎、慶香走！」
丁卯拉慶香，慶香掙扎喊：
「大師哥！」
慶奎咬牙跟隨慶香和丁卯奔向宅後，侯成棟氣恨得跺腳。
丁卯帶領慶奎，慶香跑出兩條街，在一荒僻屋角停下來喘息說：
「前邊拐彎有間土地廟，廟後邊灶房很隱密，我跟杜慶鑫約在哪兒，你們到那裏等他，我得趕快回去，衙門裏不見我會嚕蘇。」
慶奎、慶香顧著喘氣沒答話，丁卯轉身要走，又回身說：「噢，對了，跟杜慶鑫說扣兒姑娘有驚無險⋯⋯」
「等等，扣兒怎麼了？」

「她被善保抓去，芙蓉老九擄了她，我再從芙蓉老九手裏把她救出……」

「扣子她人呢？」

「天亮分手，到她爹墳上去了。」

「噢！」慶奎吞口氣，心裏石頭放下了。丁卯再說：

「昨晚提督衙門到雕刻鋪抓你們，是芙蓉老九報的訊，她騙扣兒姑娘露出口風。跟杜慶鑫說，芙蓉背景複雜，千萬不能相信她的話。」

丁卯疾閃離去，慶香撇嘴要哭，慶奎憐惜的摟住他。

夜，依虹樓的紗燈撚亮，燈影映照出恒祿冷森的臉，芙蓉和秋荷驟見嚇了一跳，芙蓉撫胸嬌嗔說：

「哎喲，你想嚇死我呀！」

恒祿陰冷的說：

「老九，妳沒那麼容易被嚇著吧？」

芙蓉顧左右言他，抽帕掩嘴笑說：

「你怎麼進來的？瞧不出你還有飛檐走壁的本事。」說著她走到他身旁，伸手搭在他肩頭轉臉向秋荷：「秋荷，沏茶伺候。」

恒祿輕輕推開芙蓉說：

「老九，味道不對了，你這套還是收起來吧。」

芙蓉笑著抽回手：

「喲，倒拉驢尾巴，翻蹄兒了！」

恒祿嘔著不動，芙蓉婀娜款擺的走開說：

「秋荷！看來恒老爺不想喝咱們的茶，妳別忙活了。」

恒祿說：

「對，人沒味道茶也就沒味道了！」他說著抬頭冷喝：「來呀，擺個陣式給九爺瞧瞧。」

隨著話聲廊下竹簾掀起，一排洋鎗火器描準芙蓉、秋荷，恒祿冷笑：

「這是西山銳健營的洋鎗隊，專門對付會飛檐走壁的強盜！」恒祿瞟眼望芙蓉，見秋荷躍躍欲，截聲喝：「誰敢動，就先把她腦袋轟了。」

兵勇敖應，芙蓉急忙揚手：

「慢著！」她眼光望著洋鎗向秋荷揮手：「秋荷，妳下去。」

恒祿冷厲的拍桌：

「不准走，一起跟我到衙門去。」他說著走到芙蓉面前，冷森的向她瞧：「我得跟妳好好聊聊！」

芙蓉和秋荷對望，芙蓉嘴角微翹，曖昧的微笑著攏髮，一支髮簪輕悄的從她背後跌落，她媚眼橫掃著向恒祿揚臉，說：「走啊，聊天我最喜歡了。」

芙蓉、秋荷被捆綁著押進提督衙門簽押房，恒祿臉色陰沉的坐到案後，岑師爺站在案旁審慎的向芙蓉打量，芙蓉衝恒祿柔媚的微笑：

「提督老爺，要我跪下嗎？」

恒祿向側立一旁的郝長功吩咐：

「鬆綁，你們都退下。」

「者。」

郝長功答應著替芙蓉、秋荷解繩鬆綁，芙蓉再調侃的向恒祿笑：

「繩子解開不怕我們跑啊！」

「我這個提督衙門不是銅牆鐵壁，不過妳們想跑也不容易，再說殺官闖衙是造反的罪，妳聰明伶俐，不逼到絕路，妳也不會做這種傻事吧！」

郝長功退出，岑師爺也要走，恒祿喊住他：

「這是岑師爺！」

岑師爺停步留下，芙蓉笑容嫵媚的向他頷首，岑師爺拱手一抹紅雲閃過瘦峭臉腴，恒祿說：

「老九，念在以往交情我不為已甚，只問兩句話，妳坦率說了，馬上送妳回去。」

芙蓉噙著挑釁的笑：

「這兩句話一定很難回答！」

恒祿陰沉的盯望她片刻，問：

「妳急著要杜慶鑫，到底為什麼？我要妳心裏的機密話，別搪塞我！」

「還有一句呢？」

「妳先回答這一句。」

「不，你兩句都說出來，我再斟酌。」

芙蓉和桓祿兩人眼光對視，互不退讓，久久，芙蓉點頭：

「好，我說，我要杜慶鑫，是因為他肩膀上有塊刺青……」

恒祿眼睛睜得滾圓傾聽，見芙蓉住口，催促著：

「說呀！」

「藏著一椿機密！」

「什麼機密？」恒祿衝身站起。

芙蓉笑說：

「這是第三句了！」

恒祿撫摸著稀疏髮絲的頭頂，乾咳：

「好，我問第二句…妳交遊廣闊，背後很有勢力，妳的靠山是誰？」

「是…」

話剛出口，突地房外一陣排鎗亂響，後窗被撞破，竄進一條人影疾逾閃電的擊碎琉璃吊燈，房中頓時漆黑一團，漆黑中恒祿喝叫：

「郝長功，掌燈！」

郝長功應聲擊火奔進，火光照耀下芙蓉、秋荷仍在原地，岑師爺嚇得臉色蒼白，嘴唇泛青。恒祿愣著望自己手掌，他掌心印著兩隻燕子，血紅的顏色極為鮮活靈動。

「督帥…」郝長功驚聲喊，恒祿抬手攔住他，轉臉問芙蓉，滿臉驚恐：

「她還在？」

芙蓉強抑驚悸，勉強擠出笑容點頭。恒祿氣頹的坐下，向郝長功揮手：

「讓她們走！」

他說著再低頭看手掌燕子圖形，難掩慄懼心驚。

土地廟，廟小殘破，土地爺面前的供桌垮塌。廟裏容不得人，廟後有棵老樹卻枝蓬葉茂，蓬密的樹叢枝椏間坐著慶鑫和慶香，慶香黏人的在慶鑫身上偎靠著，慶鑫煩厭的推他：

「離我遠點，別老黏著！」

「嗯！」慶香撒嬌的扭身，慶鑫再推他：

「你坐好！」

「我混身發軟，頭好痛！」

慶鑫順手摸他的頭額：

「你發燒了！」說著顯出懊惱：「這個節骨眼，你還生病，真會湊熱鬧！」

「我也不願生病啊，以前師父在⋯」

「好了，耽會找大夫看病。讓你靠著我，別流口水就好了。」

慶香靠在慶鑫背上，丁卯奔跑著來到土地廟，他喊：

「杜慶鑫⋯」

「在這兒！」

慶鑫應著要跳下樹，慶香頓失重心，差點摔落，慶鑫推著慶香讓他靠著樹椏坐穩，始跳下樹迎住丁卯：

「侯叔呢？」

「我不知道！」丁卯問：「你爬到樹上幹嘛？」

「看得遠，有風吹草動比較能警覺。」

丁卯看樹上，見只有慶香在，問他：

「怎麼只剩慶香？」

「我師哥去找慶貴，說既然出京就該把師兄弟找全，現在散了將來就難聚合了，等侯叔來了我們就走，扣子呢？」

「她現在我家，沒法露面，到處都是提督衙門的眼線樁子，一露面就甩不掉了，她叫我給你們送信兒，叫你們先走，等風聲鬆點，再找你們。噢，還有……」

慶鑫心驚的抬眼望他，丁卯故意停頓，讓慶鑫著急：「你救的那個女孩子，胭脂！」

「胭脂，她怎麼了！」

「馬姑娘親眼看到她被白雲觀的道人誘騙進善保的貝勒府……」

「善保？」慶鑫聲音顫慄了！丁卯遺憾惋惜，深深吸氣說：

「可憐一朵鮮花嫩蕊，只怕難逃糟踏了。」

慶鑫低頭無言，神情沉鬱，風過樹梢，枝叢搖撼，慶香坐在枝椏間的身體搖搖欲墜、慶鑫瘖聲說：

「我實在幫不上她了。」

「真可憐，她腦子一片空白，只記得你，只相信你，也只依靠你，你卻幫不上她，唉，這就像河裏救人，拉上來讓她喘口氣又鬆手了。」

慶鑫聽著刺耳，憤然說：

「你這話說得不對，好像她是我害的，我是實在管不了，你看看，因為她戲班子搞得……」

丁卯冷然截斷她的話：

「你幹嘛不說是因為你，她才落得這樣。」

慶鑫激怒得臉色紫脹：

「你說話憑良心，把我好心當成驢肝肺了！」

丁卯也翻臉：

「你別沖著我瞪眼，我說這話有根有據，摸著腦門兒想想，你不救她，不把她帶回戲班子，她就不可能跑上戲臺，她不跑上戲臺，提督老爺跟善貝勒就不會發現她，搶著抓她，要置她死地。」

慶鑫啞口說不出話，丁卯望他的眼光像刀子般冷峭，慶鑫自覺無話可駁，勉強問：「提督老爺跟善貝勒到底為什麼要抓她？」

丁卯冷聲說：

「你不管她了還問這些幹嘛？何況，她進了善保的貝勒府，還能活著出來嗎？虧她叫你哥哥，真肉麻！」

慶鑫鼓氣問：

「善保幹嘛要殺她？」

「善保非殺她不可。因為她目睹善保殺人，善保要殺她滅口。」

慶鑫瞠目驚駭，腦中湧起『嗡』地昏眩聲，正愣神，忽地半空有勁風掠過頭頂，接著慶香慘呼著『砰』地摔地上。

慶鑫驚呆，跳起撲過去把慶香抱起，慶香頭臉血肉模糊，嘴裏鮮血不停的流出，慶鑫顫聲喊他：

「小四……」

慶香眼珠翻白，喉嚨咯咯發向，慶鑫一把抓住蹲下的丁卯：

「這附近那裏能看傷？」

「走，跟我走！」

丁卯說著站起，慶鑫抱起慶香緊跟，腳步衝跌踉蹌。片刻後走到一家膏藥鋪門口，慶鑫側身撞開半掩的門戶，衝到堆滿草藥的藥櫃前，他急喊：

「大夫呢，請大夫治傷……」

櫃後草堆中一個乾瘦鼠鬚的中年人露出臉：

「嚎什麼？要死了？」

「沒死，他摔傷……」

鼠鬚的人想惡聲斥責，猛見進門的丁卯，『刷』地堆下笑臉：

「喲，丁頭兒！」

丁卯指著慶鑫說：

「狗皮膏，他是羅巧手的晚輩，也是我朋友，夠資格請你治傷吧？」

「夠，丁頭兒您親自來，就是天大面子。」他說著轉出櫃檯向慶鑫招手：「來，抱到這邊來！」

慶鑫跟著狗皮膏把慶香抱進內室，放到堆著草藥的床上，狗皮膏挽起袖子說：「你到前邊陪丁頭兒喝茶，自己倒，病人交給我。」

慶鑫疑遲，丁卯在後扯著他走出：

「這人也是怪物，醫術高明，脾氣暴燥，跟羅巧手幾個人合稱八怪，他答應醫，就一定醫得好。」

櫃檯上，藥堆縫隙中有茶壺，丁卯倒茶喝，慶鑫心焦的望鋪後，突地街道傳來鑼聲和吵雜，有人喊著：

「提督衙門的犯人，遊街示眾囉！」

丁卯聽得愣一下，放下茶碗走出門外，見街道遠處飛揚的黃土中一輛囚車轆轆駛來，一群人跟著囚車奔跑圍觀，幾個捕快跟在車後，羅青峰傍著囚車敲鑼叫：

「奉，提督九門，步軍統領恒老爺的諭示，押解這兩人遊街，他們是慶昇戲班的戲子，因為窩藏朝廷重犯，被拿獲問罪⋯⋯」

慶鑫聽得慶昇戲班，身軀劇烈震慄一下，再傾聽街頭羅青峰的聲音：

「囚車上這倆人不是主犯，主犯叫杜慶鑫，是戲班喝武生的，他已經畏罪潛逃，抓這倆個人遊街，是要逼杜慶鑫投案，不要連累師兄弟，有知道杜慶鑫下落的趕快告訴他，男子漢大丈夫敢做敢當，不要出事東躲西藏做縮頭烏龜⋯⋯」

慶鑫的身軀抖顫起來，丁卯閃進門內，關上門說：

「衙門抓住了慶奎跟慶貴，這一招真損，逼你露面！」

鑼聲漸近，經過門口，聽得羅青峰再喊：

「現在押解這倆人到菜市口刑場，中午以前杜慶鑫沒露臉投案，這倆人就人頭落地！」

慶鑫沖身跳起出門，被丁卯橫身攔住：

「你想幹嘛？」

「我投案！」

「你去一網打盡就沒伸冤機會。」

慶鑫一步跨進內室，慶香看到他哽咽著眼淚流出，丁卯問狗皮膏：

「傷得怎麼樣？」

「內傷不輕，不過有我的狗皮膏藥貼上，不礙事了，倒是他風寒發燒得趕快治，引發別的病症就麻煩了。」

慶鑫笨拙的替慶香擦淚，慶香說：

「我剛才迷迷糊糊好象聽到有人敲鑼叫你名字？」

「沒有，你發燒燒糊塗了。」

「我還聽到大師哥跟三哥的名字。」

「你安心養傷，別胡思亂想。」慶鑫轉身問狗皮膏：「請教師父高姓？」

「我姓荀。」

「荀師父！」

「像話嗎？你還是叫我狗皮膏好了。」

「是。」慶鑫認真的作揖：「我師弟就懇托荀師父，大恩不敢說謝，我給荀師父磕頭！」

慶鑫說著跪倒磕頭，狗皮膏慌得攙扶，慶鑫叩頭觸地發出聲響，他叩罷頭站起走出內室，狗皮膏愣得片刻驚醒追出：「喂喂！」

追到門外已不見杜慶鑫，他愣著問丁卯：

「呃，丁頭兒，這齣戲我看不懂！」

丁卯說：

「他說得清楚明白，把師弟懇托給你，用叩頭表示感激。」

「這是那門子招式？」

「這招式叫打鴨子上架，病人交給你，好了他自己走，就這麼回事。」丁卯說著指內室的慶香：「多費心了。」

丁卯也揮手離開，狗皮膏氣得想開口罵，張張嘴沒罵出聲。丁卯追上慶鑫拍他肩膀，慶鑫腳步不停，搖肩把他手掌摔開，丁卯追著說：

「喂，這事不能衝動！」

「我沒衝動。」

丁卯緊走幾步和他並肩：

「提督老爺急著要找胭脂，他真會殺人！」說著抓住慶鑫肩膀：「你聽我勸，沉住氣！」

慶鑫站住，眼眶溢紅咬著牙齒：

「我師兄弟綁在菜市口，眼看就要挨刀，你叫我怎麼沈得住氣？」

「你去了，你師兄弟就能不挨刀嗎？」丁卯懇勸說：「提督老爺急著找胭脂，殺人會殺紅眼的，現在胭脂被騙進貝勒府，你去了向提督老爺說，他會相信你？現在這步棋逼成死局了，不是你出首露面就能解決的。」

慶鑫語塞，突地尖銳地反問：

「奇怪，你幹嘛這麼關心我？」

丁卯凝目望他瞬間，說：

「你要聽真話？」

「當然要聽真話。」

丁卯驀地眼神怒瞪，猛嚼牙根說：

「好，我告訴你真話。」他深深吸氣，牙根嚼出聲音：「我有個妹妹，叫丁娟，從小相依為命，是我拉拔她長大的，前不久被善保殺死在白雲觀，兇手毀屍滅跡把她燒成焦炭，無法辨認面目，胭脂是目擊證人，所以善保才要追她滅口，我要報仇雪恨，就全靠胭脂。」

「善保？」

丁卯聲音哽咽的說：

「現在胭脂被騙進善保府裏，只怕我報仇的希望要落空了。」

慶鑫愣著望他：

「那，恒祿又為什麼急著抓胭脂？」

「聽說，胭脂可能是鄭親王府的郡主！」

慶鑫顯出瞠目驚愕：

「鄭親王府的…郡主？」

「唉，現在多說無益了，我是基於朋友之義勸你，人間世錯綜複雜，不是單憑一股血氣就能把問題解決的。」

「這道理我知道。」慶鑫露出慘笑，恒祿用這一招逼我，我沒法不去，我們師兄弟從小一塊長大，就跟你跟你妹妹一樣，骨頭連著肉，扯不開的！」

慶鑫昂首吸氣走上街道，丁卯站著望他，眼眶紅澀，街頭牆角，芙蓉和秋荷正隱蔽著偷窺他。

日當正中，街口擁擠著民眾，摒氣凝息，鴉雀無聲。慶奎、慶貴被捆綁著跪在街口，低頭萎頓在烈陽下，兵勇捕快等警戒的圍在四周。恒祿被親弁侍衛，郝長勁、羅青峰、老區等拱衛著坐在街旁巨傘下，他額頭汗珠不停流進眉際，眼眶眨閃著不安和焦灼的神色。

「什麼時候了？」

「回督帥的話，午時過了。」郝長功低聲說：

恒祿臉色鐵青的截聲喝：

「行刑！」

喝聲驚得慶奎、慶貴跳動一下，劊子手抽出寒光森森的長刀，一個兵勇提來一桶冷水，取瓢掐水淋澆刀鋒，淋著突把水潑向慶奎後腦，慶奎被冷水驟激，直腰挺頸，劊子手乘他頭部挺直霎那正要揮刀，杜慶鑫嘶叫：

「我是杜慶鑫，我照你們說的出首投案，請你們釋放我師兄弟，不要濫殺無辜！」

恒祿喝：

「拿下，鎖了！」

羅青峰等撲上去鎖拿慶鑫，慶奎、慶貴滿眼熱淚的向慶鑫望著，慶鑫邊掙扎，邊嘶叫：

「你們說的，我出首投案就不連累無辜，說話算話，提督老爺，您是朝廷命官，不能失信於民！」慶鑫叫著轉向民眾：「各位父老鄉親，你們都親眼看見的……」

捕快搗住慶鑫的嘴，把他的喊聲憋進喉嚨，恒祿站起，走到慶鑫面前，他眼光冷厲的凝視他，揮手說：

「放走那兩個人。」

慶貴突地鬆弛，癱軟倒地，捕快等割繩放開慶奎、慶貴。拖拽著慶鑫登上囚車，慶鑫掙開搗嘴的手向慶奎喊：

「師哥，慶香摔傷了，在狗皮膏藥鋪，師兄弟別分散……儘快找到師妹……」

他的嘴巴再被搗住，發不出聲音，黃塵飛揚中囚車迅速駛走。圍觀民眾陸續星散，烈陽下只剩慶奎、慶貴呆跪在街頭。在街角，一家民房窗前站著芙蓉和秋荷，望著囚車馳遠，秋荷鼓眼埋怨說：

「小姐剛才不攔住杜慶鑫，現在被恒祿抓走，就再沒機會了。」

芙蓉不快的沉下臉說：

「恒祿要活的，我們撿死的，反正只驗證他肩膀刺青，何必跟恒祿把臉扯破？」

秋荷沒再說話，但嘴噘著。

恒祿回到衙門簽押房，剛坐下，郝長功即跟進稟報：

「大帥，丁卯有急事請見！」

「傳！」

「是！」回身喝：「傳丁卯！」

丁卯進門拂袖打扦：

「參謁督帥！」

「什麼急事？」

「卑職偵得確實消息，督帥要找的那個姑娘，現在善貝勒府。」

「嗯？」恒祿霍地站起。

「卑職曾查證，消息千真萬確。」

恒祿愣著片刻，臉色急遽變化，隨後漸趨鎮靜，揮手指飭郝長功說：

「帶杜慶鑫！」

「是！」郝長功轉身外喝：「帶杜慶鑫！」

從屏後轉出的岑師爺察望丁卯，眼光銳利：

「丁卯，你何時得到確實消息？」

「兩個時辰以前。」

門外羅青峰喝報：

「杜慶鑫帶到。」

恒祿腮幫肌肉獰厲的顫抖：

「拖進來！」

羅青峰、老區兇橫的拖拽慶鑫進門，慶鑫被拖得踉蹌衝跌摔倒，他忍痛強掙爬起，抬頭看到恒祿，再看到丁卯，丁卯向他急遞眼色，恒祿咬著牙根說：

「想活命就說真話，我現在滿腔殺機，不要逞強挨刀，我問你，叫胭脂的女孩，現在哪裡？」

「我不知道。」

「嗯？」恒祿兇狠的發出哼聲，丁卯搶著喝叫：

「督帥已經知道她落進善貝勒府，你還想隱瞞，找死嗎？」

郝長功暴喝：

「說！」

慶鑫囁嚅，衝口說：

「她被誘進善貝勒府，是白雲觀的道人誘騙的……」

「白雲觀的道人？」恒祿急速和岑師爺對望：「繼續說！」

慶囊再急望丁卯：

「據說她是善貝勒殺人的見證，所以……」

岑師爺截問：

「據說，據誰說？」

恒祿焦燥拍桌：

「女孩是善貝勒的殺人見證，善貝勒殺什麼人？在哪里殺人？」

慶鑫咬牙橫心說：

「聽說在白雲觀『會仙福地』，善貝勒殺一個叫丁娟的姑娘，然後毀屍滅跡，焚燒屍體！」

恒祿沖身站起，岑師爺俯在他耳邊說話，恒祿再坐下去，岑師爺疾聲喝：

「你句句聽說，聽誰說？」

慶鑫飛快掃望丁卯，低下頭：

「聽胭脂說！」

岑師爺再和恒祿低聲說話，說畢恒祿匆促站起，說：

「杜慶鑫暫時看管，備轎！」

恒祿急奔鄭親王府，見到端華，閉門密談，德良守護門外，把僕婢都趕走了。

在貝勒府側院，庭院冷清靜寂，門外有僕婢悄聲說話，行動鬼祟，胭脂孤獨憔悴的呆坐在廳內椅上，她已被換過衣服，經過梳洗。她梳理過的頭髮烏黑油亮，素淨嬌嫩的臉龐卻泛露著蒼白，小巧的嘴唇緊抿著，顯示她情緒的煩燥，緊縐的眉尖，透露著她心底的絕望憂急，寂靜裏她聽得見自己的脈博，腦海中卻混沌一片，只有杜慶鑫的影像格外清晰。她戀慕渴望這個影像，捨不得它逝去。門響驚醒她，心頭的影像驟然消失，她悵然憾恨，見善保昂首搖扇，走進門裏：

「琥珀！」

胭脂抬眼望他，善保『刷』地合起摺扇說：

「杜慶鑫被抓進提督衙門了。」

「哥哥…」胭脂顏色慘變了。

善保看著臉腴肌肉緊繃一下，詭笑：

「提督恒祿想從杜慶鑫身上找到妳，我看是白費心機，恒祿找妳急得發瘋要殺人，我看妳果真是琥珀郡主，不會錯。」

胭脂憂急的垂下眼光，眉尖緊鎖。她憂急可憐的神情讓善保心弦震動，故意走到她面前，彎腰趨近她的臉龐望著：

「妳想不想知道恒祿為什麼急著找妳？」

胭脂搖頭，善保無趣的直起腰：

「因為妳的嫁期逼在眼前，怕喜期沒有新娘，妳父親鄭親王端華就得找根麻繩上吊。」胭脂神情未變，仍低頭蹙額，垂著眼瞼，善保再彎腰趨近她的臉前說：

「妳知道要嫁給誰嗎？」善保見胭脂再搖頭，伸手托住她的下巴，抬起她的臉，得意興奮的說：「嫁給我，是太后懿旨賜婚，夠光采吧？」

胭脂顯出厭惡的扭開頭，善保再托住她下巴扭過，胭脂眼眶盈淚的望他，露出懇求的說：

「求你放我走，我要去找哥哥！」

善保的笑容凝結，手也僵住了，胭脂再說：

「求求你，放我走！」

善保暴怒揮掌猛擊，胭脂被打得摔倒在地上，善保怒喊：「安春喜！」

安春喜愴惶奔進，善保恨踢胭脂一腳：

「給她梳洗，我今晚就洞房花燭，把她『端』了。」

在鄭親王府東暖閣，恒祿鉅細靡遺的向端華述報案情演變和查察經過，端華臉色慘白的含著痛淚說：

「這麼說，這個叫胭脂的女孩確實是琥珀！」

「人沒見著，總還不能肯定！」

端華抖著抹淚：

「唉！她落進善保手裏，這一下逼到死路了。」

恒祿也臉色蒼白著：

「姐夫先別急，俗話說狗急跳牆，總能想出法子解決！」

「能想什麼法子，既不能硬闖到貝勒府要人，又沒法子開口托人求情，求他把琥珀放走，鳳祥跟善保要是咬牙不認賬，婚期到了，他們照樣吹吹打打來迎娶，我怎麼送新人上轎？」

恒祿緺眉凝思，說：

「要不，乾脆向太后跟皇上奏明……」

端華虛頹的搖頭：

「奏明？怎麼說？事情這麼曲折怎麼解釋清楚？既使解釋清楚了，鳳祥跟善保不認賬，我們拿得出什麼證據？」

恒祿陡地眼光一亮，說：

「要不這樣……」說著身軀傾前，低聲堅決：「我們用慶昇戲班那個戲子杜慶鑫！」

「怎麼用？」

恒祿站起走到端華耳旁，悄聲說話，端華聽著點頭，喉中顫聲呻吟。

恒祿回到衙門簽押房，一腳踢開坐椅橫聲叫：

「帶杜慶鑫！」

門外傳呼，片刻湧進郝長功等把杜慶鑫拖進門，恒祿向郝長功等捕快揮手：

「你們都退下，郝長功守住門口。」

郝長功和捕快等都退出，屏後岑師爺悄無聲息的轉出，恒祿走到杜慶鑫面前，伸手摸摸他臉頰的塊塊青腫，慶鑫戒懼的閃避，恒祿拍拍他肩膀，露出和熙的神情：

「杜慶鑫，不提芙蓉老九，我們也是老相識了，我很欣賞你的台風，常去看你的戲，今天我拉下臉來辦公事，也是不得已……」他話聲突頓，眼光陡變森厲：「你在街上撿到的那個『胭脂』，她是朝廷要找的人，跟皇族宗室有關係，這麼著，我們打個商量，談個交易……」

慶鑫不說話，戒慎面對，他眼神冷靜堅定，嘴唇緊閉，恒祿接著說：

「你知道胭脂進了善貝勒府，應該也耳聞過善貝勒的為人，胭脂純潔無瑕，眼看著被善貝勒蹧蹋，你能忍心？」

慶鑫眼中閃過痛苦，嘴角隱起痙攣，恒祿再說：

「胭脂叫你哥哥，你心裏總有個感覺吧？要真是妹妹落到這種境況，你會袖手旁觀嗎？」

慶鑫衝口問：

「你要我怎麼樣？」

「我要你去救她。」

「我去救她？」

「對。」恒祿聲調冷硬簡截：「我要你用哥哥的心情去救妹妹，人救出來平安無事，以前的風風雨雨一筆勾銷，明天就准你們開鑼唱戲，包廂的座位我全買了。」

杜慶鑫嘴唇蠕動一下沒說出話，恒祿盯著他望，說：

「你想說什麼，一個人力量不夠？我派捕快幫你，要誰隨你挑！」

慶鑫低頭思索，岑師爺趨前悄聲：

「東翁，這辦法妥當嗎？」

恒祿咬咬牙根：

「唉，孤注一擲了。」

慶鑫思索後決定：

「好，我去。」

「郝長功！」恒祿喝叫：「叫你的人進來！」

郝長功推開門，羅青峰、老區、丁卯和捕快等湧進，恒祿指著他們向慶鑫說：

「你要誰？指給我。」

慶鑫猶豫一下，指點丁卯、羅青峰、老區、恒祿點頭：「好，他指點的人留著，其餘的出去。」郝長功指揮捕快等退出，恒祿橫身再站到慶鑫面前，從齒縫迸出聲音：

「這是場性命賭博，你只能贏不能輸，贏了萬事皆了，輸了，我要殺光慶昇戲班所有的人。」他說著轉向羅青峰等：「你們改換便服，失敗被抓絕不能招認身份！」

兩隻豔紅彩球懸吊在貝勒府側院暖閣簷下，暖閣內紅燭高燒，彩飾繽紛，明鏡前，幾個丫頭圍繞著胭脂整妝梳頭，鏡裏人影華麗高貴，散發著逼人的美豔清麗。一個丫頭由衷讚歎：

「姑娘真漂亮，我從沒見過像您這樣漂亮的姑娘！」

胭脂蹙額輕顰，眼中豔著淚光，丫頭憐惜的問她：

「您不舒服？」

胭脂搖頭，丫頭再說：

「以前貝勒爺常帶年輕姑娘進府，也都是我們幫她梳妝打扮，可沒一個比得上妳，她們……」

另一個丫頭駭懼的以肘輕撞阻止，胭脂察覺問她：

「她們怎麼了？」

丫頭驚恐搖頭：

「我不知道……」

門聲突響，說話丫頭驚怖的住嘴，安春喜帶領僕婢捧著食器酒菜進房，胭脂蹙眉瞟望他們，安春喜吩咐：

「把酒菜擺好，喜燭點了！」

僕婢擺好酒菜，點燃喜燭，房內光影驟亮，安春喜在光影下被胭脂的儀容顏色震懾住，望著她瞠目發呆，直到驀地發覺胭脂走到她面前，趕忙躬身堆笑著退後躲閃：

「郡主……」

「你知道我是郡主？」

「奴才想，錯不了！」

胭脂指酒菜：

「這酒菜給我預備的？」

「是給妳和貝勒爺預備的，今天是你們的花燭之期。」

「唔！」

胭脂走開，安春喜催促僕婢：

「快，快點收拾！」他向丫頭等示意：「小心伺候。」

丫頭們噤若寒蟬，圍繞著胭脂替她整衣補妝忙祿。

這是貝勒府的鷹房，四窗敞亮，鐵枝編織成的網攔釘佈在窗上，善保戴著護手皮套站在鷹架前餵鷹，一隻撲翅昂頭睥睨雄視的獵鷹站在鐵架上。盤裏鮮肉滴血，鷹啄撕扯吞咽，嘖嘖有聲。安春喜閃身趨進，輕聲稟報：

「貝勒爺，齊備了。」

善保繼續喂鷹，問說：

「你好像挺緊張，為什麼？」

「奴才開了眼界，從沒見過這麼高貴漂亮的姑娘。」

「高貴？」

「是，奴才肯定她就是琥珀郡主，穿戴打扮以後，她身上那種尊貴高雅決不是裝出來的，所以奴才勸主子……」

「怎麼樣？」

「假如她真是琥珀郡主就不能……」

善保神情怪異的轉頭望他，突地放下肉盤褪掉護手皮套轉身走出。他走進側院暖閣，丫頭們驟見他都嚇得手腳慌亂，面目色變，胭脂沉靜的面對他，儀容華貴，善保凝目望她，走到她面前，眼中露出詭譎笑容說：

「我打妳，妳不會記恨吧？」

「我記恨你夠能怎麼樣？」

「不能怎麼樣，妳記恨我也改變不了妳的命運。」

「我的命運就是被你蹧蹋，跟以前很多女孩子一樣，被你蹧蹋過後就不見了？」

善保回身瞪望丫頭等：

「誰嚼舌頭？」

丫頭們股慄驚懼，善保戳指一人、被指的丫頭臉色慘變撲地跪倒：

「貝勒爺，冤枉，我什麼都沒說！」

善保冷哼，向安春喜揮手：

「關進鷹房餵鷹。」

丫頭驚怖的衝門欲逃，被安春喜抓住，丫頭掙扯嘶喊：

「貝勒爺，饒了我⋯」

丫頭癱軟倒地，安春喜拖拽著走，丫頭發出駭極哭聲，胭脂驀地峻喝：

「站住！」

安春喜腳步驟停，被她喝聲震懾住，胭脂怒斥：

「放開她！」

安春喜下意識鬆開手，善保兇暴的抓菜盤擲砸安春喜：「拖出去！」

安春喜嚇得抖跳著把丫頭拖出，胭脂望著丫頭被拖出房外，眼中痛淚溢滿，猛地抓起桌上菜盤砸碎，以瓷盤鋒刃向自己脖頸刺去，瓷盤割處鮮血噴湧，善保搶上抓住她的手腕，急喊：

「安春喜！」

安春喜奔進，胭脂血流滿身暈倒在善保懷中，僕婢和婆子七手八腳把胭脂抬到繡榻，善保手上衣上沾滿鮮血，噁心得牙根癢癢，一個健僕闖進，向安春喜促聲低語，安春喜變色的向善保稟報：

「主子，衙門捕快潛進府裏！」

善保暴怒的在衣衿擦拭血手，滿臉殺機：

「好極，他們真有這個膽子，咱們就張開布袋捉老鼠，然後關進鷹房，讓鷹王痛快的撕一場！」

杜慶鑫、丁卯、羅青峰、老區借著貝勒府的院牆外大樹翻牆潛進府中，明亮月光下見府內房舍連幢，庭院寂靜，迴廊紗燈飄閃，飛蛾圍繞著紗燈飛舞，響著輕微的撞激聲。

羅青峰指揮他們分頭潛進，要老區盯著慶鑫領先開路，丁卯押後觀察接應，自己走在假山暗處，做為埋伏。

丁卯懶得理他，拌嘴礙事，先自選擇路徑離開，杜慶鑫心裏焦急，略察庭院形勢，即疾奔衝向後院，老區緊跟著他，奔進一道門戶不見。羅青峰彎到假山背後。靠牆坐下。懷裏掏出皮壺。灌口燒酒心裏想著：

「平時欺侮老百姓還能耀武揚威，現在攪得是皇族宗室，這可是在刀鋒邊沿搏命，我躲著不露面，有功我搶，有禍讓丁卯跟老區去頂。」

他正想得得意，突地面前幽靈般多出個人影：

「這酒挺香，給我喝一口！」

羅青峰嚇得一口酒嗆在喉內他啞著嗓子問：

「你、你是誰？」

「看我這身打扮就知道，我是道士。」

「道士？」羅青峰膽壯的跳起：「三更半夜跑進貝勒府想幹嘛？」

「那還用說，道士三更半夜出來，當然不是捉妖就是驅鬼了！」

鶴足道人說著指頭「啪地」一響，指尖濺出火花，火花綠光螢螢刺目耀眼，羅青峰望著立即顯出癡呆神情，鶴足移動指尖引領羅青峰站起，說：

「走，跟著我走！」

羅青峰癡愣的跟隨著鶴足轉過假山，消失進黑夜暗影。迴廊腳步聲起，安春喜帶著僕婢走來，慶鑫和老區望見，急忙躲進屋角暗處，安春喜走過時向僕婢吩咐：

「郡主暫時關在這裡，她性情剛烈，要提防她尋死！」

僕婢答應著，安春喜再叮嚀：

「鑰匙在你們身上，輪班看守時聽到房裡有丁點聲響都得趕緊進去看，別偷懶打瞌睡！」

「是！」

安春喜帶著婢女走到鷹房外，指揮她站在門旁後離去，慶鑫和老區跟隨著暗裏觀察，低聲商議：

「胭脂就是關在這裏。」老區說：「通知老羅他們吧？」

「來不及了，你幫我撂倒婢女，我進去。」

慶鑫猛吸口氣站起潛向鷹房，老區快速繞路撲向看守的婢女，慶鑫故意現身走到鷹房門外，婢女看到他張口欲喝，老區跳出用刀背把婢女擊暈。然後從暈倒的婢女身上搜出鑰匙丟給慶鑫，再把婢女拖到牆角暗處隱藏，剛進牆角身軀一挺站住，安春喜手裏的尖刀已抹過他的脖子。

老區撫著脖子跳退，被另一個壯僕抱住拖向屋後，他雖咯咯發出怪聲叫喊，但慶鑫已開門閃進鷹房聽不到聲音。慶鑫閃進鷹房，房門旋即在門外鎖住，接著房內傳出鷹嘷嘎嘎和慶鑫驚駭慘厲的呼叫聲。

善保和鶴足道人嬉笑著從暗處走到鷹房外，傾聽房內鷹嘎和慘叫，羅青峰癡呆的跟隨著鶴足，亦步亦趨，安春喜傍著善保諂笑，難掩得意。過得一會，善保說：

「好了，玩夠了，開門！」

安春喜急步趨前把門推開，僕人舉燈照亮，善保摘下門旁護手皮套，撮唇胡哨，巨鷹撲風飛來，落在他手臂上。

巨鷹嘎叫，睥睨雄視，鮮血肉屑黏附在鋼爪利喙上。

牆角抱頭蹲著杜慶鑫，他滿頭滿臉的鮮血，髮辮蓬亂，衣衫破碎露出肌膚傷痕，他聽得聲響，看到善保，滿腔激怒瘋狂的撲過去，喉中發著困獸般的叫聲。

善保等他撲近，迎面猛擊把慶鑫打倒地下，安春喜和惡僕衝上抓住慶鑫架起，善保鄙夷的走到他面前，抓著他的亂髮拉起他的頭臉：

「傷得不重嘛，還有力氣撒野！」

慶鑫怒恨的瞪視他，「呸」地一口鮮血噴在他臉上，善保從袖筒抽出絲巾抹去血跡，嗤聲：

「嗤，挺倔的。」他說著轉頭喊：「安春喜！」

「在！」

善保白眼翻轉一腳踢到慶鑫胯下，叫：

「吊起來！」

慶鑫被踢得慘哼著彎下腰，滿嘴流涎，安春喜和惡僕倒剪雙臂捆綁他，拋繩索到梁上把他吊起，善保指著羅青峰問：

「他們進來四個，還有一個呢？」

安春喜望著鶴足翻眼、善保獰聲叫：

「趕快找，不能讓他們活著出去！」

安春喜率領惡僕奔出，善保發現慶鑫肩頭衣破處露出的刺青獸頭，他走過去撕開破衣看，見刺青已被鷹爪撕裂，傷口仍有血水滲出。

慶鑫恨極，挺腰抬腿猛踹善保，善保被踹得踉蹌摔退，撞進鶴足懷裏疼得彎下腰去。

鷹房外牆角暗處躲著丁卯，他內心掙扎，牙齒咬出聲音。心裏想：

「我不能衝動，衝動救不了杜慶鑫，我自己也要把命賠掉，更別提替妹妹報仇雪恨了。」

鷹房內不停傳出慶鑫的慘呼痛嚎，丁卯緊握刀柄，牙根緊咬著說：

「要忍、要忍、要留條命報仇，不能白白犧牲……」

他想著蹲低身軀移動，刀柄撞到磚牆的響聲把安春喜驚動了，安春喜循聲看到他大叫：

「在那兒，攔住他，別讓他跑了！」

惡僕等操刀拿棍圍撲丁卯，安春喜跳腳再叫：

「快，快找鶴足老道！」

一個惡僕領命奔去，丁卯乘隙突圍奔向院牆，他猛竄攀向牆頭想翻出牆外，小腿被追到的惡僕砍中一刀，劇疼中情急猛挺，險險翻過牆頭，摔到牆外地上。

牆內惡僕鼓吵，夾雜著狺狺犬吠和安春喜的吼叫：

「追，翻牆追，不能讓他跑了……」

丁卯耗盡餘力奔回家中，推開院門即不支摔倒，他強撐著攀爬到屋前敲門，驚醒在屋內熟睡的馬扣兒，開門看到他狼狽情況，驚駭的問：

「丁大哥，你受傷了？」

「快扶我進去，快，抽屜裏有刀創藥！」

扣兒扶持他到椅上坐下，依他指點拿出刀創藥，丁卯再說：

「撕一條乾淨布條！」

扣兒望著他流滿鮮血的小腿，撕布的手顫抖著：

「你，你怎麼會受傷？」

「善保…」丁卯切齒說：「妳二師哥也落在他手裏了…」

扣兒撕布的手猛地停住，愣著望他，漸漸眼眶溢滿淚水，丁卯見狀訥訥說：

「妳別急，他沒死…」

「我師哥，怎麼會落進善保手裏？你們去救胭脂？」

丁卯點頭：

「我們是被提督老爺逼著去的…」

扣兒陡地爆發，怒目瞪他：

「別說逃避責任的話！」

「我不是逃避責任，是…」

「還說不是逃避責任，你能回來就能救他回來…」扣兒激怒得猛地摔下布條，戟指丁卯：「你是卑鄙小人，臨陣逃走，只圖自己保命，不管別人死活！」

丁卯滿臉脹紅：

「當時情勢險惡，我孤立無援，縱然拼命也救不了他…」

扣兒尖聲叫：

「你還有臉說！」她聲淚俱下：「你口口聲聲說是二哥的朋友，朋友交情卻這樣淺薄，我算認識你了！」

扣兒哭著衝出門，丁卯跳起欲攔，腿疼摔倒：

「馬姑娘，妳聽我說…」

扣兒不理，摔上門走遠了，丁卯掙扎爬起，欲追無力，他憤恨得揮臂猛擊，把椅腿都打斷了。

扣兒哭著走過街道，她邊走邊撕扯衣衫消解氣恨，走著她站住腳，虛頹的依靠在街牆上，抽噎著在牆根蹲下，耳中響起父親馬懷卿的話聲說：

「將來，把妳嫁給慶鑫，他熱血熱腸，重情重義能夠依靠。」
接著是自己害羞的聲音：
「我不要…」
「不要？那把你嫁給慶貴。」
「爹呀，你好壞，我不來了…」
扣兒被「咻咻」氣喘聲驚醒，轉頭看，見是丁卯跛著腳追來了，扣兒縮身牆角暗影躲避，丁卯從她身旁奔過竟沒發覺。丁卯奔到街口張望，看不到扣兒，他心急如焚的握拳搥頭，嘴裏喃喃叨念：「跑到哪去了？脾氣這麼暴燥，不聽解釋…唉，我還得回報給提督老爺，能分開身有多好…」
郝長功急步走進簽押房說：
「稟督帥，卯回來了。」
恒祿霍地站起，郝長功說：
「丁卯受傷，其餘的人都沒回來！」
恒祿失聲「啊」一聲，脫力的坐倒，岑師爺急催說：
「快，快叫丁卯進來！」
丁卯跌撞著衝進，向恒祿打扦：

「參見大帥！」

恒祿望著他半晌沒出聲，丁卯頭垂胸前不敢抬起，恒祿說：

「搞砸了？」

「是，善貝勒早有防備。」

「早有防備？他是神仙能未卜先知啊？還是你們誰早一步通風報訊，讓機密外泄了？」

丁卯激憤的抬起頭，恒祿走出案後和岑師爺低聲商議後說：

「丁卯，我現在不追究嚴辦你，你馬上去給我辦事。」

「是！」丁卯勉強答應著。

恒祿走到丁卯面前，字字咬在牙縫裏說：

「你去找慶昇戲班的人，告訴他們杜慶鑫落進善貝勒手裏，叫他們趕快想法子救人，否則就準備收屍！」

「是！」

「聽說你跟江湖人物很熟，找些人配合慶昇戲班去搶救杜慶鑫跟那個叫胭脂的女孩，我給你一天時間，再辦不好，我就親自砍你腦袋，去！」

丁卯悲憤退出，岑師爺再趨前和恒祿講話，恒祿點頭說：

「你這個辦法很好，雙管齊下，讓慶昇戲班跟江湖人去攪亂貝勒府的防衛，留下空隙給芙蓉老九。」

恒祿滿眼血絲的登上樓梯，依虹樓上竹簾半卷，廊下籠裡小鳥在黎明晨曦中啁啾鳴叫，秋荷領著他走進樓內，眼珠滴溜轉著窺視他的臉色，看到披衣迎出的芙蓉，她笑說：

「看樣子，恒老爺不是來抓我們的。」

「沒規矩！」芙蓉笑斥：「快去沏茶，準備點心！」

秋荷伸伸舌頭走開，芙蓉讓恒祿坐到軟榻，恒祿說：

「我不能久耽，有要緊事要懇托九爺！」

「坐著說，看樣子你熬通宵，先歇會喝點熱的。」

恒祿搖手：

「情況緊急，不能耽擱！」他說著深深吸氣說：「九爺，杜慶鑫落進善保手裏了，恐怕性命難保。」芙蓉神情平靜，審慎的說：

「他怎麼會落進善保手裏？他跟善貝勒沒過節呀！」

「這裏邊有些曲折，杜慶鑫救的那個女孩落進善保手裏，杜慶鑫去救她，也就陷進善保手裏了。」

芙蓉一掃柔媚笑靨，神情冷淡的望著他，恒祿額頭冒汗，他從袖裏掏出手帕揩拭，說：

「這件事錯綜複雜，越來越棘手了！」他說著頻頻擦拭腦門，禿頭越見油光。「我今格來，是想懇托妳，想法子從貝勒府救出女孩跟杜慶鑫，唉，我手裏空有重兵，卻一籌莫展……」

「你乾脆奏明朝廷，說善保私行拘禁，窩藏重犯……」

「唉！」恒祿銜恨長歎：「能奏明朝廷解釋清楚就好了，九爺，這件事只有妳能幫忙。」

恒祿懇求的望著芙蓉，芙蓉沉吟忖想，恒祿焦急等待，芙蓉逐漸露出笑容：

「好吧，交給我！」

秋荷捧茶出來：

「恒老爺，請用茶。」

「謝謝。」恒祿站起向芙蓉拱手：「告辭了！」

恒祿離去，秋荷望芙蓉，芙蓉一絲飄忽笑容詭譎的在臉上閃過。

在貝勒府側廳暖閣，善保正摟著侍女撚兒狎戲，安春喜進來稟報：

「主子，恭王爺到！」

善保錯愕的望他，廳門傳進小猴的聲音說：

「表叔，您把我忘了？」

善保急忙推開撚兒迎過去，拂袖打扞：

「奴才叩覲王爺！」

小猴側身攔住他，笑說：

「不敢當，我奉太后慈命來瞧瞧您，聽說您府上很有些新鮮玩藝兒，可別瞞我！」

善保搶著說：

「奴才受恩深重，常沐慈暉！」說著斥責安春喜：「王爺貢臨，應該鼓樂齊奏，開中門迎接，都是你們這班奴才疏懶簡慢，還不趕快鋪毯奏樂，準備我的頂戴。」

「者！」

安春喜誇張的答應著張口欲喊，小猴急得攔阻說：

「別別，這種場面留著伺候別人，我當不起！」他說著向善保擠眉弄眼：「表叔，聽說您是個花心大蘿蔔，府裏藏得一些花不溜丟的，能不能讓我瞧瞧？」

「王爺是說⋯」

「叫我小猴就行了！」

「不敢，王爺的話奴才不懂！」

「咳，別這麼正經八百！」小猴縐眉翻眼的負手踱開幾步，再折回趨近善保撫嘴悄聲說：

「你別怕，我們是一國的，不該說的話我一個字都不會說，你放心！」

「是是，王爺維護，善保感激。」

小猴翻出白眼：

「嘿，沒勁，我原以為這裏有什麼好玩的，誰想你綳著臉像門神，早知道這樣我才不會接這個差事。」

善保裝作惶恐的說：

「王爺別生氣，好玩的地方有，在大柵欄，耽會奴才帶路，陪王爺去。」

小猴橫眉豎眼了：

「玩大柵欄還要你帶路？」說著索然坐到椅上：「真泄氣！」

善保喝斥：

「奉茶！」

「者！」

安春喜碎步跑出，善保堆著虛假笑容侍立在椅旁，小猴翻著眼珠望他，說：

「聽說你要娶媳婦，恭禧了，貝勒爺！」

「奉旨成婚，一切榮寵都承恩太后跟皇上。」小猴噎氣，懸空的腿踢桌：

「你臺詞倒背得挺俐落！」他說著跳下椅子：「好了，我走了。」

善保急忙打扦：

「送王爺！」

小猴跨出門檻時回頭揮手作別，回頭時突地停下腳步指著屋梁驚叫：

「哎呀，大老鼠…」

善保驚愕的轉頭看，小猴突地跳起狂奔出門，善保驚覺慌亂追趕：

「呃呃…」他邊跑邊喊：「安春喜！」

安春喜奔來，善保急得指著小猴奔跑方向：

「小恭王跑進後院了，趕快找！趕快攔住！絕不能讓他看到琥珀！」

安春喜領命追去，善保重回暖閣抓起躲在錦被裏的撚兒，摟著說：

「我剛才跟你說的話都記著？」

「記著。」

「妳是我的心腹，我的寶貝，你為人機靈能幹，又不撚酸吃醋鬧小性子，所以這樁差事交給妳，憑妳這小嘴巧舌一定能把她哄住。」

撚兒嬌聲說：

「爺放心，我總盡死力！」

「好，妳去，萬一遇到小恭王，千萬要機靈應對。」

撚兒點頭答應，善保送她出門，撚兒轉進側院，來到囚禁胭脂的小廳前，看守的僕婢放她進內，見廳裏昏暗寂靜，胭脂孤零的，蒼白的躺在榻上。她脖頸間捆紮的白絹滲著血污，胸前衣裳沾著一灘變黑的血跡。

聽得門響她睜開眼，撚兒含笑走到榻前說：

「姑娘，我來侍候您。」

胭脂不說話，重新閉上眼，撚兒動作溫柔，替她拉墊扶枕：

「脖子傷口還疼嗎？」

胭脂閉眼不語，聽若不聞，撚兒聲音更柔：

「姑娘性情剛烈，府裏下人都景仰感動，我們私下相約，不管誰來服侍起居，都要盡心盡力寧死也要迴護。」，她說著趨近輕問：「姑娘要不要喝水？」

胭脂不理，片刻點頭，撚兒說：

「好，我來倒！」

撚兒轉身倒水，胭脂在她背後睜開眼，她望著撚兒背影心裏歎息，傷心的想：

「我求死難求生更難，現在落進這個陷阱，生跟死都難……我到底是誰？若是琥珀郡主，善貝勒怎麼敢對我這樣？我不是琥珀郡主又是誰？唉，我好害怕，真盼望哥哥能在我身邊……」

小猴滑溜得像泥鰍，穿堂過院，到處奔跑著張望尋找，內眷婢女驟見他，都嚇得尖聲駭叫著躲藏。

他看過每間屋都沒異狀，見牆邊有道角門通側院，就一溜煙的跑進側院裏瞧，側院一樣有一廳兩廂，正廳東西暖閣的窗內都深垂布幔，從外無法看進，門口有個粗壯的惡僕守著。

小猴站在廳外張望，惡僕想喝問他，撚兒拉開廳門走出，她望著猴兒眉眼含笑的問：

「你是誰呀？」

小猴不答她，指廳內：

「誰在裏邊？」

「你管吶，你到底是誰？」

小猴再指廳內：

「裏邊有人嗎？」

「廢話，那間屋裏沒人，去去，別在這裏搗亂。」說著白眼瞪他：「哪來的野孩子！」

在廳裏躺著的胭脂詫異的傾聽，她心想：

「這聲音好熟，像是，像是……」

她一時想不起聲音是誰，緺眉凝聽苦思，這時安春喜追到，滿頭熱汗的向小猴打扦：

「奴才伺候王爺！」

撚兒見狀嚇得也撲地跪下，小猴滿臉厭煩的說：

「行了，算你們手腳俐落！」

猴兒說著轉身要走，善保也气喘吁吁的追到，這時廳裏突地傳出一聲喊：

「猴兒，小猴……」

小猴聽著腳步一窒，轉回頭說：

「咦，誰叫我？」

善保堆著笑走向他，急從背後向安春喜作手勢，安春喜笑說：

「這只鸚鵡舌頭打結，把小狗叫成小猴了！」

善保攙著小猴向外走，小猴邊走邊狐疑的向廳裏望著：「奇怪，這聲音我聽過……」

到了側院門外，小猴掙脫善保攙扶的手：

「這回我真要走了！」他走幾步又回頭掩嘴悄聲說：「表叔，你外邊名譽不好，風風雨雨都說你仗勢橫行貪淫好色，蹧蹋人家漂亮小妞，太后疼你，想栽培你爭氣，你可別在這時候給她捅皮漏，讓她傷心難過！」

善保情急想辯，小猴已一溜煙跑走。

小猴邊走邊想著叫他的聲音，不覺撞在一個人身上，撞得他一陣眼花頭暈，他怒叫：

「喂，走路不看路啊！」

對方是矮墩粗壯的羅巧手，他暴聲說：

「你走路看路會撞到我？」

小猴認出他，笑了：

「我認得你，你是天橋雕刻鋪的鍾馗！」

羅巧手也笑了，指著他說：

「我也知道你，你是丁慶貴的朋友小猴！」

「是啊，我是小猴，慶貴不是被黃蜂螫了嗎？傷得怎麼樣？他現在哪？」

「他…」羅巧手刁鑽的住嘴：「我幹嘛告訴你？」

他說著扭身就走，逗得猴兒心癢難忍的張臂把他攔住：「喂喂，慶貴到底怎麼了？」

羅巧手推開他手臂：

「你不會自己去看吶！」

小猴跟著羅巧手來到狗皮膏藥鋪，背後鋪門「砰」地關上，小猴嚇一跳，衝口說：

「這幹嘛？」

藥鋪後響起慶貴的歡叫：

「小猴……」

「喲喝，你真在這兒！」

羅巧手說：

「廢話，我會騙小孩子嗎？」

慶貴拉著小猴跑進店後，羅巧手和迎出的侯成棟、狗皮膏、丁卯等急促的說話，丁卯追望猴兒背影說：

「是小恭王，沒錯！」

狗皮膏持懷疑態度：

「最好查證確實！」

羅巧手肯定口氣堅決：

「不會錯，我親眼看見他從善貝勒府裏出來，再說，確不確實，你去了一試就知道。」

「好，我就去！」侯成棟眼眶發紅：「這下慶鑫有救了。」

丁卯說：

「馬扣兒姑娘刺激過甚，一個人流落外邊太危險，得趕緊找到她。」

侯成棟沉吟說：

「叫慶奎跟慶香去找，慶貴跟大腳留在這裏穩住小猴。」

羅巧手搖手：

「不行，慶奎、慶香都不夠機靈！」

丁卯挺身說：

「我去！」

「你傷行嗎？」

「行！」
狗皮膏和羅巧手默送侯成棟、丁卯出門，把門鎖住，店後慶貴和小猴歡聲談笑，大腳在旁柔順的靜聽，小猴驀地發現她，瞠目愕異的仰頭問：
「妳站在凳子上幹嘛？」慶貴噗嗤笑出，大腳低頭望自己，小猴才看清她一雙大腳站在地上，小猴驚歎：
「哇，乖乖，我看她比正黃旗掌旗的巴圖魯還高呢！」
大腳走開，噘嘴坐到一旁，小猴望著她撫嘴問慶貴：
「她是誰呀？」
慶香望著慶貴掩嘴吃吃發出笑聲，慶貴著腦：
「笑什麼，欠揍啊！」
慶香撫嘴忍笑躲開，慶奎笑著說：
「她是羅掌櫃的女兒大腳。」
小猴驀地想起她：
「啊，對了，雕刻鋪的黃蜂箱！」
「不要再提黃蜂箱！」慶貴厲聲說：「看我這只眼，就是黃蜂螫瞎的！」
小猴驚駭的脫口說：

「啊，瞎了？」

他叫著回頭望大腳，大腳悲哀的把頭垂低了。

黃墳淒冷，林風勁急，枯葉飛舞旋撲，墳頭上磚塊壓著的冥紙，顫抖在勁風裏。馬扣兒低頭匍匐在墳前，肩頭聳動著痦哭，她哭聲痛絕，哭聲融在風聲裏，斷斷續續，似鬼聲啾啾。陰天，烏雲壟罩在林間樹梢，她哭倦了俯在地上喘息，雙手緊抓兩把黃土，抓得手背青筋突起。久久，她挺身跪直，把手裏黃土撒在墳上，向著墳頭說：

「爹，女兒就要去找你了，你等我。」

她說著抹幹滿臉淚痕站起，走出樹林，邊走邊拍去膝頭上沾染的灰土、一臉堅決。

在貝勒府鷹房，善保用鐵叉叉著肉塊喂鷹，巨鷹吞肉，睥睨獰視，神態威猛。安春喜脅肩進門說：

「主子，有個姓侯的投帖請見。」

「姓侯的，誰呀？」

「叫侯成棟！」

「是什麼來歷？」

「說是慶昇戲班的琴師！」說著露出囁嚅驚恐：「還說他手裏有張牌，叫載澂，要跟主子賭命！」

善保身軀悚動，凝住手上喂鷹動作，露出森殺笑容：

「哼，瘋狗，敢跟我賭命！」善保丟掉肉叉「叫他進來！」

「來這兒？」

善保瞪眼兇橫的怒聲：

「叫他進來，你聾了？」

「者！」

安春喜敬謹的退出，善保眼中閃過猙獰神情，過得一會，安春喜把侯成棟帶進房內，巨鷹看到生人，嘎叫撲翅，昂首厲鳴。善保緩緩回身，伸出護臂皮套，巨鷹嘎叫著跳到他手臂，侯成棟伸手進袖抽出短刀，倒握刀杷，語氣冰冷：

「這只鷹很雄駿，我有把握一招就能劈它，所以，貝勒爺最好別輕舉妄動！」

善保注目瞪他，問聲：

「你要賭命？」

侯成棟氣勢雄厲：

「不是賭我的命，是賭你的命！」

「憑你？」

「憑載瀓，皇太后的親孫子。」侯成棟說：「我要是把他的頭割下來，保准你的頭也得賠上。」

善保變色，但仍嘴硬，腮邊肌肉已現抽搐抖動：

「你想搏什麼？」

「搏杜慶鑫，只要杜慶鑫有命自由，載澄也就有命自由了。

「嗤！」善保輕鄙冷嗤：「口說無憑，怎麼能證明小恭王……」

侯成棟截斷他的話：

「真假你去查，今晚酉時在大柵欄泰順酒樓交換。」他說著聲音轉獰：「到時我要看到杜慶鑫完好無傷，否則，載澂就是掉手斷腳的殘廢人！」

侯成棟說畢轉身離去，安春喜張牙舞爪喝叫：

「大膽，站住！」

惡僕等聞聲奔前攔阻侯成棟，被侯成棟出重手擊散，善保望著被擊潰的惡僕，強持鎮定，揮手喊：

「讓他走！」

侯成棟揮衣揮袖昂首走出，安春喜窺察善保神色，見他臉色陣青陣白，牙根緊咬著，嘴角抖顫出憤恨。騷亂驚擾傳到在後宅，驚動鳳祥，他走出探詢，得知小恭王載澂被擄，驚駭得魂飛魄散。

「綁匪是誰？怎麼會找上你？」

鳳祥驚怒的喝問善保，善保知道隱瞞不住，吞吐說出實情，最後並說：

「來人要今晚酉時在大柵欄泰順酒樓換人、可是我打傷了那個戲子，怕對方報復，傷害小恭王！」

鳳祥氣恨得咬牙，伸指敲點在善保額頭上。

「唉！你呀，闖下滔天大禍！」

鳳祥急亂的苦思，嘴裏呢喃：

「想法子用錢解決……對，錢！」他說著抬頭問：「對方來人有沒通報名字？」

「有，叫侯成棟！」

「噢！侯成棟……」鳳祥陡地身軀猛震，像被電殛，他失聲問：「叫侯成棟？」

鳳祥一把抓住善保，顫聲問：

「這個人現在哪里？」

善保搖頭，鳳祥急遽的喘息片刻，推開善保轉身急步離去。

鳳祥趕到綺春園求見太后，崔玉和領他進得寢宮，鳳祥急趨太后膝前跪倒：

「奴才鳳祥恭請聖安！」

太后愕異的望著他說：

「你神色不對，什麼事急成這樣子？」

「是坤良…」鳳祥激動得抖慄著：「他在『辛者庫』被抱走的孩子，有了消息…」

太后驀地身軀挺起，瞠目向鳳祥瞪視，崔玉和見狀急忙揮手逐出伺候的宮女太監，太后愕著望鳳祥，指他：

「你說，坤良被打進罪藉的那個小兒子，他有了消息？」

「是，當時抱走他的人叫侯成棟…」

太后急促的問：

「他，他叫寶麟，是不是？」

「是，他叫寶麟，跟他哥哥善保差三歲！」鳳祥說著哽咽拭淚。

「對！」太后激動得顫抖說：「叫寶麟，我還記得他的模樣，坤良獲罪抄家的時候他還不滿周歲！」

太后說著心頭絞痛，痛苦的抬手撫胸：

「善保因為過繼給你才逃過劫數，否則也…」她說著住口，情急的詢問：「寶麟現在哪？他還好嗎？」

「寶麟的現況還不知道，只才有侯成棟的消息！」

「那快去查呀，坤良只剩這支血脈！」

「是，我這就去查。」鳳祥答應著，卻有滿嘴痛苦說不出。

在同時，安春喜打開地窖的門，攙扶善保沿梯走下，地窖潮濕陰冷，杜慶鑫被鎖在牆壁鐵環上，滿身血污的癱軟著垂著頭，善保走到他面前，臉無表情的望他，杜慶鑫緩慢抬起頭，和他對望，憤恨火熾，善保說：

「把他放下來，給他塗藥治傷。」

「者！」

安春喜答應著開鎖，鎖煉打開，善保勾指示意把杜慶鑫拖到他腳下，善保問：

「侯成棟是誰？」

杜慶鑫咬牙低頭緊閉嘴唇，善保再問：

「侯成棟是你什麼人？」

杜慶鑫「呸」地一口血痰吐在善保織錦的緞袍上，善保暴怒抬腿猛踢，把杜慶鑫踢得仰翻摔倒撞到牆上，善保逼前踩住他獰聲說：

「你跟我逞強？要不是侯成棟我會一塊一塊的割你。」

善保抽腿回頭走出地窖，安春喜亦步亦趨的跟著。回到前廳，找到鶴足道人，善保嚴厲的問他：

「怎麼樣，弄確實沒有？她到底是不是琥珀？」

「應該是⋯⋯」

善保怒叫：

「我要確實肯定！」

「貧道曾不止一次施用西洋催眠術，都沒法導引喚醒她的記憶，她現在滿腦子空洞，只有用『移魂鎮魄』秘法，配合氣氛，和強烈刺激摧裂她的心魔迷障。」

「那就快動手啊！」

「可是此法有危險，控制不當心脈會崩裂。」

善保切齒說：

「我要馬上確定她是誰，管她心脈崩不崩裂。」

鶴足點頭說：

「好吧，今晚午夜施法，請貝勒爺暫時把她移出去，我要佈置場地。」

善保轉頭喝：

「安春喜！把她移到後院迎曦閣去。」

胭脂被撚兒攙進敞亮的迎曦閣，安春喜口氣嚴厲的叮囑她說：

「好生伺候，別出差錯！」

撚兒暗自撇嘴，攙扶胭脂到榻上，回頭見安春喜離去，以袖遮臉悄聲說：

「姑娘，妳脖子的傷不輕，躺著歇息。」她說著機警的窺望門窗，見有僕婢守護在窗外，裝著替胭脂整理衣服，促聲說：「有個叫杜慶鑫的人，姑娘認得？」

胭脂身軀一震，霍地坐起，撚兒驚駭的按她躺下急聲說：

「窗戶外邊有人看！別動聲色。」

胭脂被強按著躺下，她緊抓著撚兒手臂，撚兒痛得掙脫，胭脂再扯住她的衣服：

「妳說杜慶鑫，他在哪兒？」

「他來救妳，被貝勒爺抓住，關在鷹房……」

「關在鷹房？」

「不不！」撚兒再驚慌的偷窺窗外，「不在鷹房了，他在鷹房被老鷹抓傷……」

胭脂再挺身坐起，撚兒慌急的再按下她：

「姑娘別急，他沒死，只是受傷……」

胭脂掙扎著下榻，撚兒惶急的攔阻她：

「姑娘，你冷靜！」

窗外守護的僕婢從窗櫺縫隙裡向內窺看：

「什麼事？」

撚兒急忙答應：

「沒事，姑娘的傷口疼！」

撚兒按著胭脂讓她躺下，胭脂掙扎，撚兒在她耳旁苦勸懇求：

姑娘，千萬別衝動，千萬要冷靜，妳衝動會害死我，也會害死杜慶鑫！胭脂顫聲問：

「他傷得怎麼樣？」

「不重，應該不重⋯」

胭脂要再坐起，撚兒慌急解釋，再按住她的肩膀：

老鷹只抓傷他，鷹爪能傷多重？沒傷到要害，只是皮肉傷，妳冷靜才能想辦法救他，急沒有用！」

「都是我害他，我拖累他⋯」胭脂哽咽哭出聲。

「他不顧生死危險來救妳，可見他對妳是真情！」

胭脂傷懷痛哭，門被推開，善保走進，撚兒愴惶退開，善保走到胭脂面前，他凝望胭脂，胭脂含著滿眶痛淚和他對望，兩人對峙不語，胭脂痛淚傾流到臉上，她說：

「你的心冰冷無情，狠毒殘忍，是天生的嗎？」

善保嗤笑：

「我的心熱情如火，只對我喜歡的人！」

「不喜歡的呢？」

「那就寒冷如冰了！」
胭脂閉嘴，再凝瞪他：
「你喜歡我嗎？」
「到現在為止，算喜歡！」
你若真喜歡我，我情願服侍你，只求你答應把杜慶鑫放走！
善保橫眼怒瞪撚兒，撚兒驚恐的跪在地上，他嘿嘿發出一陣桀笑，聲音裏充滿妒忌憤恨，
胭脂抹幹眼淚，神態堅決冷靜：
「我願意做你的侍妾，做什麼都行！」
善保霍地轉身走開，走開數步站住，胸部劇烈起伏著粗濁的喘息聲，胭脂再說：
「你放他走，我一生一世都會感激！」
善保再猛地轉過身緊嚼牙根：
「好，我放他走。」
胭脂愣住，難以置信，善保指著她的額頭：
「妳說的，願做我的侍妾，做什麼都行。」
胭脂堅決的點頭說：
「是，我願意，不過……」她見善保變色，急忙說：「我不是反悔，是想求你讓我跟他再見

一面。」

善保臉上掠過陰惡毒恨，點頭說：

「好，撚兒，妳帶她去。」

「是！」

撚兒爬起攙扶胭脂出門，胭脂邊走邊疑懼的向善保注視，深怕他反悔阻止，善保等她們走遠，招來安春喜疾斥：

「快，去催鶴足老道趕快佈置，不論結果我今晚都要跟她成親合巹，霸佔她的身體。」

「主子，她脖子有傷，萬一真是琥珀郡主……」

「她脖子有傷肚臍眼上沒傷，要真是琥珀，那才有熱鬧好戲看！」

守護地窖的惡仆開鎖拉開門板，開門的響聲讓杜慶鑫腫脹的雙眼睜開了，他逆光看到扶著階梯走下的兩個人影，看不清面目，只看得婀娜纖柔的兩個輪廓，人影下梯逐漸顯出臉形，他認出是胭脂，萎頓的身軀霍地坐直了。胭脂哽咽著撲過去：

「哥哥…」

杜慶鑫愣著望她，怯聲喊：

「胭脂，是妳嗎？」

「是我，是我…」

杜慶鑫怯懼的探觸她：

「真的是妳，他，他怎麼會讓妳來？」

「是我答應他…」

杜慶鑫驚駭的抓住她的手臂：

「妳答應他什麼？胭脂，妳別糊塗，他是個禽獸，他會蹧蹋妳！」

胭脂柔聲說：

「我知他是禽獸，也知道他心腸狠毒，我，我要救你，我們倆個總要有一個活著出去！」

「死不要緊…」

「我死不要緊。」胭脂搶著說：「我什麼都忘了，活著還不如死了，你年紀輕，你無辜，你不能死，哥哥，我拖累得你太多了！」

「不行，妳不能作踐自己，恒祿說妳是皇族宗室……」

杜慶鑫驚覺的轉望撚兒，撚兒知趣的退開了，胭脂說：

「哥哥，我是誰已經不重要，我什麼都忘了，現在我的親人就是你，是你救的我，是你保護我！」

胭脂說著泣不成聲了，杜慶鑫把她攬進懷裏，體溫的薰炙，讓胭脂顫慄，她說：

「哥哥，你一定要活著出去，你有戲班兄弟，你還有扣兒姑娘，將來你們…」

胭脂說著猛地把慶鑫抱緊，兩人灼熱的臉膜緊貼在一起。

貝勒府外，綠呢官轎停下，隨行武官揭開轎簾，鳳祥撩衣跨出轎外，他臉色沈凝，愁眉深鎖的走上臺階，武官喝叫：

「老爵爺回府。」

府門應聲開啟，仆婢側列迎候，鳳祥低頭沈鬱的走進門內，街角馬扣兒探頭窺望，怯懼的走出。

鳳祥走進內院，善保迎住，鳳祥向善保身後的安春喜吩咐：

「守著門，我跟你主子有要緊話說！」

「者！」

安春喜急步走進廳內趕出僕婢，側立門旁守候，待鳳祥、善保進門始躬身退出，輕悄的把門關住。鳳祥進廳在椅上坐下，臉色沈變陰寒，善保眼珠急轉露出忐忑，鳳祥沈痛舒氣，說：

「我剛到綺春園見了太后。」

善保囁嚅應著，低頭向鳳祥偷覷。鳳祥再沈鬱吸氣，說：

「載澂的事我沒敢說，我跟太后談另一樁事，載澂無論如何得救回來這不必再講，我只問你，你有個弟弟叫寶麟，還記得嗎？」

「記得！」

「你比寶麟大三歲，你廿五，他也該廿二了！」

善保眼中露出詭譎，問：

「寶麟在『辛者庫』不是被人抱走了？」

「對，抱走他的人，就是侯成棟。」

善保毛骨悚然，霍地跳起：

「侯成棟？」

鳳祥點頭：

「就是劫持載瀓的侯成棟，找到他，就會有寶麟的下落了。」

善保神情急遽變換，他臉色忽地蒼白，又忽地紫脹，半響才緩緩坐下，強笑：

「太意外了！」

鳳祥猜疑的望著他，對他劇烈變換的神情滿懷疑惑：

「太后挂念寶麟，嚴旨叫我們一定要找到他，說這是你父親唯一的骨血，決不能斷，晚上你去泰順酒樓換人，我跟你去，當面問清楚！」

正說著安春喜悄然推門閃進，急趨到善保身旁，附耳悄聲說話，鳳祥怒斥：

「什麼事，鬼鬼祟祟？」

善保站起，拂袖打扦說：

「兒子有事處置一下，阿瑪別生氣！」

鳳祥嘿然無話，善保抽身奔出廳去，他奔到前院門房，看到馬扣兒低頭坐著，輕顫的幾縷秀髮溫柔的覆蓋著頭額，扣兒聽得腳步聲抬起頭，善保興奮的叫出：

「哇，稀客！」

扣兒站起撿衽行禮：

「馬扣兒拜見貝勒爺！」

善保淫邪的繞著圈兒看她，扣兒低頭緘默，善保讚賞著自語：

「嗯，稍微清瘦了點，更有一種弱不禁風楚楚堪憐的風姿，要是貼演『黛玉葬花』，不用扮，光這個含蹙帶顰的神情就是活林黛玉！」他說著站住腳，斂去笑容，湧現冷森：「妳不會無緣無故找上門，有事就說！」

扣兒抬起頭，眼神冷清，聲音堅決：

「請貝勒爺放了我二師哥，我願意⋯」

善保陡地湧起妒恨，面目扭曲著說：

「願意怎麼樣，說呀！」

扣兒閉上雙眼，鼓足氣力啞聲說：

「我願意隨你⋯」

善保故意凌辱：

「妳願意怎麼樣，大聲點，我聽不見！」

扣兒低下頭，眼淚奪眶湧出，她勉強忍淚，抑制抽噎的斷續說：

「求您放了我二師哥，我願終身服侍貝勒爺、為奴做婢……」

「哈，今天第二個人說這種話！」

扣兒抬起淚眼，顯出愕異，安春喜趨前悄聲向善保說話，善保點頭，側眼望扣兒，妒恨得獰瞪著她：

「妳剛說的話不後悔？」

「不後悔！」

「好，我就如妳的願放了杜慶鑫。」善保說著向安春喜瞪眼：「帶她到跨院，洗乾淨等我。」

扣兒撲地叩頭：

「謝貝勒爺！」她叩頭後堅定的站起說：「我要親眼看著我二師哥出去。」

安春喜拉她勸著：

「那容易，妳先進去梳洗，耽會釋放杜慶鑫，准讓他親口向妳辭行。」

在地窨裏，胭脂用力的撕開慶鑫肩膀破衣，破衣裏血污凝結隱露出刺青圖記，胭脂痛惜的抹著淚水用淨布擦拭傷處，觸到傷口慶鑫刺痛退縮，胭脂哽聲問：

「很疼？」

「還挺得住。」

「要是很疼，你告訴我，我輕點。」

慶鑫點頭，胭脂輕柔的清除傷口旁淤血，慶鑫轉臉凝望她，看她小巧的鼻梁，柔細的髮絲，含淚的雙眼和緊繃的眉尖，胭脂發覺慶鑫癡望她，停住手指動作，抬眼望過去，慶鑫退縮的轉開眼光，低聲說：

「我以前沒仔細看過妳，真後悔……」

「後悔什麼？」

「後悔怕以後再沒機會！」

胭脂沒說話，繼續揩拭傷處，片刻回頭向撚兒：

「請妳給我點清水。」

「噢！」

撚兒到牆角水缸舀水，胭脂聲音急促的問慶鑫：

「哥哥，你喜歡我？」

慶鑫點頭，胭脂再問：

「想要我嗎？會照顧我？」

「當然會。」

胭脂眼看撚兒舀水回來，急聲堅決的說：

「那我們逃出去！」

「逃出去，能逃嗎？」

「能，只要拚命，就沒什麼好顧忌。」

「對，拚死無難事。」

撚兒把舀的水給胭脂，胭脂接水的手緊張得抖慄，她說：

「撚兒，我哥哥傷口結疤跟衣服黏在一起，勉強撕會很痛，麻煩妳幫我找把剪刀，我把衣服剪開！」

撚兒猶豫瞬間，從袖裏抽出一把薄刃小刀給胭脂，胭脂訖異的接過，問她：

「妳怎麼身上帶著這東西？」

撚兒臉露淒苦，沒說話，把臉轉開，胭脂求助的望慶鑫，慶鑫決然點頭，胭脂咬牙猛地站起，一刀刺進撚兒腰肋、撚兒中刀痛苦的望她，胭脂驚怖的尖聲叫出聲音，慶鑫忍痛沖起推開撚兒，拉著胭脂向樓梯跑，拼命攀爬，梯頂門板掀開，守護的壯僕探身問：

「叫什麼？什麼事？」

慶鑫乘他明暗不能適應的霎那，猛竄衝上梯頂抓住他扯下，壯仆傾身無處著力被他扯得頭栽進，頭部連撞梯階暈死過去，慶鑫和胭脂沖出窖外，牽扯著狂奔。

同時，善保正怔忡的坐在廳裏出神，他臉色陰沈，嘴角牽動著憤恨，安春喜忐忑的站在椅旁，小眼珠滾動著窺察善保的臉色，善保轉臉問他：

「老爵爺從綺春園回來，說的話你都聽了？」

「是，奴才聽了。」

「依你說…」善保倒口冷氣：「地窖裏那個……會是我從『辛者庫』裏逃出來的…弟弟？」

「奴才不敢多嘴！」

「叫你說你就說！」

「者，依奴才看，得先驗他肩膀上，『辛者庫』罪囚男肩女肘火烙的刺青圖記！」

善保猛地擊桌，桌上茶杯跳起摔碎，安春喜以為說錯話，嚇得撲地跪倒，善保急怒發狂的一腳踢過去，安春喜被踢得翻滾爬起再跪下，善保滿臉獰厲扭曲：

「不可能，我弟弟死了。」他切齒憤恨：「我不可能有個唱戲操賤業的弟弟…」

安春喜猛摑自己：

「是，奴才瞎說，奴才掌嘴！」

正打得霹裏拍拉響，撚兒腰上插著短刀跌跌撞撞的衝進，她沖到善保跟前力盡摔倒，爬起抱住善保的腿，嘴裏嗆著血珠斷斷續續的說：

「跑，跑了—跑……」

撚兒倒地死去，善保厲吼：「地窖，快去地窖！」

這時慶鑫拉著胭脂在假山樹石間奔跑，庭院寂靜，西天彩霞暗淡，已是近暮黃昏，他們著急尋找出路，兩人都額頭蒸騰著汗水。

奔跑，總在假山縫隙中進出，慶鑫虛頹的身體，已發出脫力的急喘，胭脂依賴的緊抓著他手臂，眼光癡凝的望著他的臉色。

驀地人聲喧鬧，犬吠狺狺，幾個惡僕扯著鎖鍊追著獵狗從犬房衝出，惡仆拿著慶鑫沾血的破衣，逐個拿到獵狗鼻前，獵狗嗅吸，吠聲森厲，嚎叫掙跳，呲著森森白牙，流著黏稠的濃涎。這時圍牆外又躍進兩個人，是秋荷和芙蓉，她們進院後躲在牆角張望尋找，秋荷問：

「小姐，瞧這人聲狗吠，像出了什麼事？」

「亂更好，亂我們才有機可乘。」

「恒祿要我們救胭脂，我們要的卻是杜慶鑫，要是只能救一個，我們救誰？」

芙蓉不耐：

「當然救杜慶鑫！」

秋荷眼光閃灼一下，隱露詭譎，芙蓉遙指方向說：

「我們分頭搜索，有發現就搖鈴。」

芙蓉、秋荷聳身欲出，秋荷突地停步縮身抓住芙蓉：

「小姐，妳看！」

芙蓉從秋荷肩頭望出，見杜慶鑫牽著胭脂，急喘著踉蹌狂奔，秋荷歡聲說：

「他們逃出來了！」

「妳看後邊！」

慶鑫身後幾隻惡犬竄跳吠叫著，已經追得首尾相接，芙蓉急推秋荷說：

「妳擋狗，我接應他們！」

秋荷奔出，身在半途，已將纏腰的長鞭抽出，獵狗撲奔，險險咬住慶鑫的腿，長鞭盤空呼嘯著抽下，「霹啪」鞭聲中鞭稍纏住狗頭，抖手扯向半空拋飛。

獵狗摔下，慘嚎，惡仆嚇呆張嘴欲喊，鞭如靈蛇般抽來纏住脖子，另一隻狗追到慶鑫身後，胭脂指狗狂喊：

「哥，哥…」

慶鑫摟腰抱起胭脂，鼓足餘力猛衝竄到圍牆，芙蓉從空躍落，攔殺追到的獵狗。獵狗頻死嚎叫，惡仆等拿槍持刀奔來，被秋荷揮鞭攔住，芙蓉沖前抓過胭脂說：

「給我……」
慶鑫直覺抗拒的躲閃，芙蓉急聲叫：
「胭脂給我，我抱她上牆！」
芙蓉拉扯胭脂，胭脂死命抱緊慶鑫不放手，另兩隻獵狗兇猛撲到，撲咬慶鑫的腿，善保從後追來，邊跑邊叫：
「咬，咬死他……」
慶鑫忍痛踢狗，獵狗嚎叫，芙蓉強拉胭脂：
「快放手，妳想妳哥哥被狗咬死嗎？」她猛奪厲聲叫：「放手！」
胭脂見獵狗森森白牙撲來，駭極尖叫著把手鬆開，芙蓉抓著她竄起躍上牆頭。獵狗咬住慶鑫手臂，他握拳擊狗，人狗翻騰搏鬥，善保追到嘶聲吼著：
「咬、咬、把他撕了。」芙蓉把胭脂送出牆外，再翻牆躍進殺狗，秋荷被惡仆圍攻，搏殺激烈，一手揮鞭，一手暗藏短刀，芙蓉抓起慶鑫竄躍上牆，善保憤恨的跺腳罵：
「該死，都該死！」
安春喜趨前想說話，善保盛怒下回手一掌打得他撫臉慘叫。
芙蓉躍落牆外放下慶鑫，胭脂撲前抱住他喜極痛哭，芙蓉再回頭躍進牆內，接應秋荷，兩人衝突搏殺，退出牆外，見慶鑫和胭脂不見了，秋荷激憤的怒瞪芙蓉：

「人呢？」

「剛剛還在。」

「哼，我就知道，妳會徇私放走杜慶鑫。」秋荷顯出兇橫：「我要跟姑姑說。」

秋荷負氣跑走，芙蓉驚恐，臉色變了。

在貝勒府外，暮色蒼茫中有幾簇刀槍閃灼，街角暗處，恒祿和岑師爺在親弁簇擁中站著，貝勒府圍牆外通路都被持刀兵勇佔據，黑暗中郝長功奔到恒祿面前稟報：

「大帥，貝勒府有兩人逃出！」

「啊！兩個人？難道芙蓉跟秋荷失手了？」

岑師爺說：

「也許是芙蓉料到我們會攔路劫人，想早一步把杜慶鑫和那位姑娘送走。」

「不可能，她時間不夠。」

遠處胡同口又一人疾快奔來，郝長功迎住旋又奔回，向恒祿說：

「大帥，是杜慶鑫跟那個姑娘！」

恒祿驚喜衝口叫：

「好，好極了！」

恒祿揮手，一夥人退到屋角隱蔽，杜慶鑫拉著胭脂奔到，恒祿猝然閃出攔住他們，慶鑫驟見恒祿驚駭，想轉身往回跑，剛轉過頭，見背後湧出無數兵勇，把整條巷道都堵住了，慶鑫再轉過身面對恒祿，把胭脂拉到身後護著，恒祿蔑視他，轉向胭脂微笑說：

「琥珀，舅舅在這兒，妳別怕，這附近幾條街都被巡檢營包圍了。」說著猛地瞪眼，向慶鑫厲聲：「杜慶鑫，放她過來！」

「恒老爺，您這是幹什麼？」

「我叫你放她過來，拿開你的髒手！」

慶鑫下意識放開手，胭脂驚恐的再抓住他，她抱緊他的手臂躲到他背後，一隻手再摟緊他的腰，頭埋進他腋下，恒祿看著氣得鼓眼，岑師爺悄聲勸他：

「東翁別惱，街旁門窗耳目眾多，帶回衙門再說吧！」

恒祿愓然醒悟，向郝長功揮手：

「帶走，快！」

「是！」

兵勇捕快圍擁著胭脂、慶鑫，推他們走，胭脂驚恐的叫：

「哥……」

到得衙門簽押房，恒祿激怒得擊桌：

「唉，她誠心想害死她爹，跟一個戲子在當街摟摟抱抱，她，她瘋了！」

岑師爺乾咳，示意郝長和親弁等迴避了，說：

「東翁息怒……」

恒祿指手劃腳的怒叫：

「簡直不成體統，大街之上，遍佈耳目，萬一風雨轟傳，善保借題發揮，說她品德不端狎昵戲子，叫鄭王爺這張老臉擱到哪兒去？這還不算，要是有人火上澆油，趁機結算廿幾年前宗人府的舊賬，那可就……唉！」

岑師爺平靜的倒杯茶，放在恒祿面前：

「東翁，郡主失憶，忘記自己是誰了。」

恒祿嘿然擊桌，岑師爺說：

「現在先隱密郡主身份，連夜送回鄭親王府，讓她見到熟息的人，也許就能勾起記憶。」

「好，我現在腦子一團亂，就依你……」恒祿說著揚手欲喊，岑師爺攔阻他：

「慢點！」岑師爺趨近恒祿耳旁：「東翁要當機立斷處置杜慶鑫，看郡主對他的信任依賴，若不斷然處置，將來演變怕就難以控制了。」

恒祿瞿然張目：

「對對，師爺果是睿智卓見！」

「處置杜慶鑫要快，依我估計，芙蓉恐怕馬上就來要人了。」

恒祿點頭，霍地衝出案後，喊：

「郝長功、把他們帶進來！」

郝長功答應聲中慶鑫和胭脂被帶進房內，恒祿迎著胭脂擠著笑臉說：

「琥珀，我是舅舅……」

胭脂畏懼的縮躲，恒祿指著耳邊黑痣說：

「妳想想，小時候最喜歡摸我這顆痣，妳忘了？」

胭脂怯懼的怒聲叫：

「我不認識你，你們都騙我！」

「騙妳？我沒騙妳，我確實是妳舅舅，我是恒祿啊！」

「你們都騙人，你跟善保一樣，還有白雲觀的鶴足道人！」

恒祿恨得咬牙，在齒縫裏喃然：

「明天我就燒了白雲觀！」

岑師爺走到慶鑫面前：

「杜慶鑫，你想死想活？」

慶鑫說：

「我不懂你的意思！」

岑師爺逼近他的臉：

「你知道胭脂是誰？她是鄭親王府的琥珀郡主！」

慶鑫回頭望胭脂：

「她是琥珀郡主？我不知道，對我來說她是胭脂，不是郡主！」

「她是琥珀郡主，你救了她，鄭王爺跟恒老爺都會酬謝你，現在就請你勸她，跟恒老爺回鄭王府。」

胭脂猛搖慶鑫手臂，懇聲叫：

「哥，你別信他，他們都騙人！」

慶鑫回頭柔聲對她說：

「萬一妳真是郡主⋯⋯」

胭脂堅決地搖頭：

「不，善保跟鶴足道人都說我是琥珀郡主，可到頭卻要害我，蹧蹋我，哥，咱們走吧！」

她說著趨近慶鑫耳旁，眼望著恒祿促聲說：「你看那個官老爺，眼珠都紅了，好凶噢！」

慶鑫安撫的輕拍她，向恒祿說：

「恒老爺，她不認得你，也不相信你，她要真是琥珀郡主，請你讓我送她回去。」

「你？」

恒祿激怒得暴瞪雙眼，岑師爺勸阻：

「東翁，請冷靜！」

恒祿猛地吸氣，強忍激怒走開向岑師爺說：

「我從沒辦過這麼黏手的案子，芙蓉老九隨時會來要人，她那個後臺，我又惹不起，一定得在她們要人之前解決掉，乾脆，先殺⋯⋯」

岑師爺搖手要說話，慶鑫懇求說：

「恒老爺，請你放我們走，讓我送她回府。」

恒祿暴怒回頭：

「住口，你一個操賤業的戲子，身份卑微，哪能和她並肩走進王府，沾辱她的清白尊貴？」

杜慶鑫受辱臉色大變，恒祿滿臉殺機的指著他厲吼：

「給我捆了！」

郝長功撲抓慶鑫，慶鑫臨急走險一把抓住自己髮辮纏住胭脂的脖子，胭脂被他纏勒得臉脹窒息，抓辮掙扎，慶鑫兇橫的拖著胭脂後退：

「不要過來，要死讓她陪我一起死！」

恒祿急得手舞足跳臉色如土：

「別別，有話好說……」

「沒什麼好說了，恒老爺說我身操賤業，品流卑微，就算你說的不錯，我也是一條命，我的命跟她的命一樣珍貴。」慶鑫說著略鬆髮辮，把胭脂摟進懷裏：「恒老爺愛惜她，就請放我們一條生路，不管她是不是琥珀郡主，我都會送她回家跟親人團聚，決不會敗壞她的名節，沾辱她的清白，要是你們用強逼我，姓杜的要死也要拉她做個墊被。」

慶鑫說畢再猛抽髮辮，胭脂氣噎露出痛苦神色，恒祿急得咬牙切齒，抓耳搔腮，慶鑫拖著胭脂緩慢退向門外，郝長功聳身欲撲，恒祿驚跳急喊：

「別別…別動！」

慶鑫邊退邊說：

「恒老爺，請你知會外邊的人，也叫他們別輕舉妄動，準備一匹馬快讓我們離開。」

恒祿情急昏亂，滿嘴答應：

「好好，郝長功，去備馬！」

郝長功答應著卻沒動，恒祿怒吼：

「去呀！」

「者！」郝長功驚跳著奔出，慶鑫跟著把胭脂拖出門外，拖進院中，他們謹慎心的緩步後退，一路上胭脂痛苦的扯拉髮辮，掙扎著喊：

「哥，鬆一點，我不能呼吸了！」

慶鑫低聲斥責她：

「別叫，快到門口了。」

「你勒得好緊⋯」胭脂痛苦的嗆咳：「咳咳⋯」

恒祿和岑師爺在後緊追，臉擠得快要哭了：

「杜慶鑫，我不攔你，你別傷她，千萬別傷她！」

兵勇捕快持刀拿槍虎視眈眈在旁監視，俱都雙目怒瞪殺氣騰騰，撲擊一觸即發。慶鑫退出大門見無馬匹，厲聲叫：

「馬呢？馬⋯」

恒祿急忙叫：

「馬呢？帶馬！」

郝長功牽來馬匹，慶鑫隻手搶過韁繩，推攙著胭脂上馬，待胭脂坐穩他也一躍跨上馬背。踢馬狂奔，恒祿恨怒切齒，抓過身旁兵勇弓箭，張弓憤射，箭出呼嘯『哧』地插在慶鑫大腿上。健馬疾馳，瞬間在夜黑中隱去。

大柵欄泰順酒樓熱鬧，茶房穿梭，怪聲叫喊：

「兩位升樓，夥計帶雅座。」

隨著喊聲鳳祥、安春喜走到樓上，酒樓喧嘩吵雜人聲鼎沸，鳳祥心急的掃望酒客，碰撞到桌凳，腳步踉蹌，安春喜趕前攙扶他，他掙拒推開，在臨街窗前的一張桌子，他看到侯成棟。

侯成棟也看到鳳祥，臉上閃過愕異驚訝，再看到鳳祥身旁的安春喜，他驚駭得臉色變了。鳳祥走向他，遠遠向他拱手，侯成棟站起，向身邊的羅巧手撞肘暗示，踢開長凳迎向前說：

「將軍別來無恙？」

「侯兄，廿多年不見了！」

安春喜殷勤的悄聲：

「老爵爺，奴才叫茶房找個單間，老爵爺跟侯師父說話方便。」

鳳祥點頭說：

「好，侯兄請！」

「將軍請！」

安春喜帶領鳳祥、侯成棟走向酒樓廂房，半途，見猴兒跟大腳、慶奎、慶香、慶貴等圍坐在另一張桌上，鳳祥向猴兒點頭，以作撫慰，囑安勿燥，猴兒卻向他擠眼，笑得跪譎輕佻。他們走過，小猴問慶貴：

「你侯叔跟我舅爺認識？」

「你舅爺是誰呀？」

猴兒沒答他，推桌離位：

「我去偷聽他們說什麼。」

慶貴拉住他：

「呃，做俠客行事要光明磊落，偷偷摸摸窺人隱私的是江湖鼠輩，我侯叔可是武林高手，你去偷聽他說話，他一鏢射出來，包你身上多個窟窿。」

猴兒驚駭：

「真這麼利害？」

「那敢情！」

猴兒心癢難搔的搖撼慶貴：

「我想學，你幫我……」

「這得看你的造化！」慶貴推開他的手：「勉強不得。」

侯成棟、鳳祥走進廂房，安春喜向夥計吩咐後守候在門外，鳳祥客氣的和侯成棟推讓著坐下，鳳祥說：

「廿年前舍弟坤良獲罪抄家，多虧侯兄仗義救孤，鳳祥心裏著實感激。」

侯成棟謹慎應答：

「侯某浪跡江湖，無牽無累，感恩報答坤良大人救命大德，替他收屍埋葬，也是略盡本份。」

鳳祥見侯成楝口風極緊，絕口不提救孤的事，只得再說：

「侯兄義勇，不只鳳祥感激，太后也耿耿在心！」

「侯某慚愧，仰承太后垂注，萬分榮寵。」

鳳祥再試探：

「太后說，侯兄若有意仕途…」

「不，侯某草莽匹夫，粗疏淺陋，不敢妄想。」

「侯兄不想羈縻仕途，如果缺錢…」

「侯某江湖浪蕩，無牽無累，要錢沒用。」

鳳祥見侯成楝防備嚴謹，滴水不入，只得說：

「侯兄高風亮節，鳳祥欽敬無極，不知寶麟現在情況怎樣？」

「寶麟？」

「是！」鳳祥緊張的瞪望著侯成楝的臉：「就是被你救出『辛者庫』，舍弟在繈褓中的幼兒？」

「他死了。」侯成楝神情漠然。

「啊？」

鳳祥擱在桌上的雙手劇烈顫抖，侯成棟眼光冷厲的望他，鳳祥眼眶蘊聚熱淚，唇抖聲顫著：

「你說，寶麟死了？」

「是，他發疹子死在漠北路上。」

「那麼…」鳳祥衝口問：「你要和小恭王交換的人是…」

「他是我戲班徒弟。」侯成棟聲音冷森：「將軍把他帶來了？」

鳳祥搖頭，侯成棟激怒的衝身站起：

「鳳祥，你敢戲弄我？」

鳳祥氣頹萎頓的再搖頭：

「他逃走了，帶著那個叫胭脂的姑娘逃走了。」

侯成棟冷厲的盯望他一會轉身衝出，鳳祥驚醒，慌忙追著他喊：

「呃，侯兄…」

鳳祥、安春喜追出廂房，見喧鬧的食桌間已無猴兒和眾人蹤影了。

善保臉色慘白的走進跨院廂房，馬扣兒站起迎接他，神情恭謹的叫：

「貝勒爺！」

善保譏笑她：

「為著杜慶鑫，妳還真有耐性！」

扣兒再跪下：

「求貝勒爺釋放我二哥！」

善保暗裏咬牙，點頭說：

「好，我放他，他在裏邊想見妳，妳跟我進來吧。」

扣兒跟隨善保走出跨院廂房，走進一間四面幃幔遮掩的房內，房中昏暗卻寂無人影，扣兒驟驚轉身欲奔，善保從背後扯住她的髮辮，朝她頭臉猛揮一拳。扣兒慘呼摔倒，善保面目猙獰的一腳踩住她，把她壓在地上，牙齒咬得格格響：

「告訴妳，杜慶鑫逃走了。」

「啊？」

善保眼光毒恨瘋狂：

「啊？妳是後悔還是高興？跑了他玩妳也能解恨，妳自願送上門不玩夠就辜負妳了！」

他說著轉頭喊：「來人，綁上『逍遙床』。」

應聲衝出兩個惡婆娘，熟練的搗嘴扭手把扣兒拖起，拖進幃幔，幃幔裏明燭高燒，一色豔紅，紅色厚毯上放置一座木制床架，架上厚墊錦褥，三面有欄，四周欄角釘附著皮扣，以供捆綁手腳，頭部皮套專供捆綁頸項。

這是精製的專供強姦婦女的床架，以防她們敗興掙扎。

扣兒被抬到架上捆綁，善保快意瘋狂的在旁觀望，扣兒想出聲哀求，嘴裏卻被塞進東西，她掙扎，手腕腳踝俱都流血，衣服都被剪爛，一片一片的撕下。衣服褪盡她露出晶瀅潔白的肉體，善保揮手逐出兩個惡婦，聽得房門被『砰』地關上。善保冷酷而邪淫的走近床側，逐寸撫摸扣兒肌膚，扣兒混身顫慄，痛淚傾流，滿眼迸露著悲憤，懇求和絕望。

善保望著扣兒顫慄扭動的胴體獸欲熾張，動手鬆解自己鈕扣。他邊褪衣邊貪婪地盯望著扣兒雪白混圓的身軀、她柔潤的頸項下、挺聳的胸脯上、顫抖著兩只粉紅幼嫩的乳頭、從乳頭迅速下移看到肚臍、再看到肚臍下方叢林稀疏的隆阜、和隱匿在叢林裏像一顆紅蕊的、讓人神搖肉顫的肉珠。

善保嘴乾舌燥的喘息起來、他急亂的扯下褻衣、躍身向前、挺槍對準門戶刺進、在扣兒驚跳抖慄的劇痛中嘗到溫熱甜美的舒暢……

健馬狂奔過街角，轉彎時坐在鞍前的胭脂突地驚恐駭呼，杜慶鑫驟失平衡『砰』地摔到地上，胭脂應變不及，也隨他摔下和他滾成一堆，健馬衝奔不停，轉眼馳遠。慶鑫倒在地上不動，胭脂驚怖的嘶喊：

「哥，哥…」

胭脂搖撼他，觸手摸到血污和箭杆，嚇得她張嘴號哭，再猛力搖撼：

「哥，你醒醒，醒醒啊⋯⋯」

慶鑫蠕動著抓住她的手：

「妳輕點，我這裏有傷！」

胭脂驚喜，停住號哭睜大眼睛：

「哥，你嚇死我！」

「好疼，我混身好疼⋯⋯」

胭脂張望暗黑的街道：

「你腿上有箭傷，我們得趕快找醫生！」

「後邊有沒人追來？」

「沒有，聽不到聲音，瞧，多靜。」

「咱們不能耗在街上，走吧，找個地方落腳。」

「好，我扶你，慢慢走！」

慶鑫忍痛強撐著站起，一隻手搭扶著胭脂的肩膀，胭脂摟著他的腰、走走停停，突見街邊屋檐下，有只殘破的燈籠搖晃，借著燈籠微光看到一塊客棧招牌挂在屋檐上。

胭脂興奮的轉臉想告訴慶鑫，不想慶鑫也轉臉望她，兩人口鼻相對猛地凝住，都混身震慄的停住腳。片刻，胭脂埋下臉，羞赧的抵在慶鑫胸脯上，細聲說：

「前邊有客棧。」

「我看到了，正想告訴妳！」

胭脂輕輕點頭，摟著他腰的手摟得更緊了，走到客棧門口慶鑫舉手敲門，石二惺忪著眼把門打開，看到慶鑫和胭脂相互摟抱著，閃開身說：

「住店？」

「是，要清靜單間。」

慶鑫和胭脂進門後，石二再把門關上，轉身帶領他們到髒亂殘破的後院一間房中。慶鑫冷汗滿頭，臉色慘白的在床上躺下，石二猜疑的望著他們，看到慶鑫腿上箭杆，他乾咳著伸手到胭脂面前，胭脂愕異不解，石二說：

「給店錢吧，三錢銀子。」

胭脂急窘的問他：

「現在就要？」

「對，小本生意，概不欠賬。」

胭脂窘急無措，慶鑫撐著坐起說：

「小二哥…」

「沒錢免談！」

慶鑫激憤開口想罵，胭脂攔在他面前，央求說：

「小二哥，我哥哥受了傷，求你…」

石二伸手擋住：

「別求我，我做不了主，掌櫃的吩咐，我是端他的飯碗。」

胭脂說：

「我去求掌櫃的。」

「行，不過我勸妳別去。」

「小二哥…」胭脂眼淚汪汪的求著，石二心軟點頭說：

「好吧，妳跟我來，在前邊！」

石二轉身出房，胭脂跟隨他，慶鑫痛苦的叫：

「胭脂…」

胭脂回頭安撫他，說：

「哥，我馬上就回來，你放心了。」

到了櫃房，掌櫃披衣起來，聽過石二述說，冰冷的向胭脂望著，胭脂窘怯的想說話，被他攔住了：

「沒錢就不必說了。」掌櫃仰頭說：「我這間店很破，平時難得有客上門，不過我是寧缺不爛，沒錢不留客，我寧願空著癟蚊子。」

胭脂激怒了：

「你寧願癟蚊子也不給人住？」

「是，這沒犯法，妳也不能告我！」

「我哥哥受了傷，我求你……」

「不必求，再求我也不會答應。」掌櫃說著打量她：「妳不像窮苦人家女孩，難道身上一點值錢東西都沒有？」

胭脂撇嘴要哭，掌櫃的揮手：

「那沒說的。」說著向石二瞪眼：「把他們趕走。」

石二看著胭脂卻不動，掌櫃的拍桌：

「你聾了？」

石二苦臉：

「爹，怪可憐的！」

「混蛋……」掌櫃的罵：「當初我們逃難進京誰可憐過我們？你娘就是活活餓死的！」

石二向胭脂攤手：

「我沒騙妳吧。」

胭脂咬牙忍哭轉身回頭走，她走著霍地站住腳，伸手摸腰間，摸出半塊用紅繩吊在腰帶上的佩玉。她走回櫃檯把佩玉解下遞給掌櫃的看，掌櫃接過反復在燈前映照，發出得意的『嗯』聲：

「不逼就不肯拿出好東西，可惜斷成半塊，玉倒是特等翠玉，好吧，這塊玉抵三天房錢。」說著轉臉向石二：「去，給他們打水弄吃的。」

石二跟隨胭脂送進盆水，接著搬弄飯菜，胭脂坐到慶鑫身旁輕聲解釋：

「我把身上半塊佩玉給了他們。」

「半塊佩玉？」

「是啊，好像一直繫在我腰帶上的，想不起什麼時候摔斷了，哥，那塊玉能抵三天房錢，我們就暫時躲在這裏治傷……」

慶鑫無言，虛頹的閉上眼，胭脂替他擦拭額頭冷汗，憂急的說：

「這根箭，怎麼辦？」

當晚，恒祿趕到鄭親王府向端華稟明救援胭脂的經過，說到最終胭脂又被杜慶鑫劫走，端華憾恨的跺腳：

「唉，功虧一簣，好不容易救出她，怎麼倒被戲子搶走？」

恒祿辯白：

「當時投鼠忌器怕傷了她，不敢阻攔……」

「唉，你有那麼多兵，用人牆也能攔下她，現在好，連音訊都斷了，一時再到那裏去找？你辦事越來越輕忽了！」

恒祿不敢再辯，勉強說：「姐夫放心，姓杜的被我射了一箭，受傷不輕，他們跑不遠……」

「既跑不遠，就加急找啊！」

「是，已經派人沿路搜了！」

端華焦慮的起身踱蹀，走到恒祿面前站住：

「你確定，她是琥珀沒錯？」

「我問你，確定她是琥珀？」

「跟琥珀一模一樣……」

恒祿被問得舌頭打結：

「她不承認，不過我認定不會錯。」

「既是琥珀，她那有不承認的道理？」

「她失掉記憶把以前的事都忘了！」

端華負手再走，背脊明顯局僂：

「唉，怎麼會有這種事？怎麼發生這種事？」他喃語：「不論如何活著就好，活著就是生機……」

德良推門走進書房，輕聲稟報端華：

「王爺，皇上從熱河回鑾了。」

端華顯出驚愕：

「從熱河回鑾？這時候？」

「聽說皇上憂憤國事、不放心辦洋務的大臣。」

「洋務的事各有職司、僧格林沁不是守著唐沽炮臺，固若金湯嗎？唉，國事亂如麻，家事亂如麻，真要逼死人了！」

這時英、法和多國的軍艦逼臨天津、桂良奉旨議和、朝野紛擾慌亂、咸豐皇帝焦燥國事蜩螗、逼得從熱河啟蹕回鑾、坐鎮朝庭。德良趨前催促說：

「王爺、得去接駕了！」

端華心如油煎、拂袖衝出房外，恒祿、德良互望，無話啞然。

四更天，雞鳴起落，滿天繁星。

侯成棟跨進狗皮膏藥鋪，羅巧手和狗皮膏聞聲都披衣搶著把他迎住，羅巧手心焦的問他：

「怎麼樣？」

「確實逃出來了。」

「好極了。」狗皮膏歡聲叫。

「不怎麼好！」滿臉憂色的侯成棟搖頭說：「他帶著胭脂逃出貝勒府，在街上又被恒祿截住，恒祿要胭脂，他不肯，他挾持胭脂搶馬硬闖，腿上被恒祿射了一箭，勉強逃脫。」

羅巧手搶著問：

「跑到哪去了？」

「聽說馬往西城跑的！」

「好啊，那咱們就趕快到西城找！」羅巧手著急的糾鬚戟張著說。

一股冷風鼓進，依虹樓的窗門洞開，芙蓉驚醒霍地坐起，驚恐的向窗門呆望著，窗門內鬼魅般站著一個纖瘦的影子，她混身被黑袍罩著，勁風鼓脹，袍角展撲，一股神秘詭譎迸散著，芙蓉顫聲驚呼：

「姑姑⋯」

纖瘦身影手臂輕抬，拿著一隻精緻瓷瓶說：

「妳知道這是什麼？」

芙蓉驚怖的跳下床，跪倒，抖顫著說：

「姑姑！」

黑影聲音冷厲的威嚇：

「這叫蝕膚液，妳見過，能腐蝕肌膚，灑在妳臉上，妳的臉馬上就變成骨髏。」

芙蓉哭著哀求：

「姑姑，我不是故意放他走⋯」

「很好，不是故意就好，妳絕對不能對他滋生私情，我博爾濟錦氏一族的興衰存亡就靠他肩膀上那幅圖！」

芙蓉怯聲問：

「要他肩膀那幅圖，用不著殺他吧？」

「能順利拿到圖當然不用殺人，再說他也是我們族裏一條血胤，只是怕他格于現實生出異心！」

「異心？」

「以後妳會明白這裏邊有複雜的原因，現在暫時不制裁妳，我再給妳次機會。」

「謝姑姑。」

「這瓶蝕膚液我交給秋荷⋯」

秋荷悄然出現在黑影身旁，黑影把瓷瓶交給她：

「以後妳再敢徇私縱放，就讓她直接灑在妳臉上。」

「姑姑⋯」芙蓉哀聲喊著，風聲鼓蕩，眨眼間黑影失蹤。

清晨，貝勒府庭院一片雀鳥聒吵，雀鳥喧鬧聲裏突地一聲尖厲嘶叫，撕裂庭院的寧靜，把雀鳥都『轟』地驚飛上天空，在庭院打拳練身的善保被叫聲嚇得頭皮一緊，怒問：

「誰在叫？」

安春喜趨前斜眼望院牆，說：

「還有誰？跨院裏叫。」

善保會意緺眉：

「她昨晚不叫，現在叫什麼？」

「昨晚她嘴裏塞了棉花！」

「別讓她這樣叫，耽會讓老爵爺聽到我又要挨罵，去，把她的嘴堵了。」

「者！」

安春喜答應著卻沒動，善保著惱：

「去呀！」

安春喜哈腰陪笑，

「主子別惱，奴才有主意！」

「有什麼餿主意？」

安春喜清清喉嚨，綠豆般的眼珠轉著，滿臉諂笑：

「主子，塞她嘴巴只能塞一時，不能塞長久，讓她長久喊不出聲，這裏有條一石二鳥之計！」

善保露出笑容：

「兔崽子，就你點子多！」

「奴才替主子分憂，當然得多想點子。」他說著側耳傾聽。點頭：「不叫了，大概伺候的人把她的嘴堵住了，奴才先問主子，玩膩沒有？要不要把她這條小命揑掉？」

善保沈吟想著：

「她有些地方讓我喜歡，心裏滿憐惜她，不過新鮮嘗過也覺沒味兒了。」

「好，主子既然不忍殺她，又玩膩了，那咱們就行這條一石兩鳥的辦法，讓她終生有口難言，另一方面栽贓報復恒祿，摘他的頂戴。」

善保興奮得眉開眼笑：

「好！我恨恒祿恨得牙根發酸，怎麼個栽贓報復，你快說！」

安春喜趨到善保耳邊低聲說話，善保點頭聽著，眼珠急遽轉動思索，安春喜說完微微挪開身體，得意的笑著等候善保反應，善保躊躇地望他，說：

「這樣太缺德了吧？」

「不這樣沒法報復恒祿！」

「對馬扣兒，太缺德了！」

安春喜沒得褒獎有點泄氣，爭著說：

「主子，讓她活下去，對她已經是恩德了。」

「這樣她還是可以說話呀！」

「只要她在那裏耽一天，接過一個客人，她還有臉說什麼？說您蹧蹋過她，誰信哪？誰會相信妓女的話？」

善保再思索，搖頭，一個僕婢奔來稟報：

「貝勒爺，老爵爺有請。」

「者！」

善保向安春喜吩咐：

「你去看著別讓她再叫，怎麼處置耽會再說。」

善保走進後堂，鳳祥指椅說：

「你坐下。」

善保心裏有點忐忑，勉強坐定，鳳祥掏出鼻煙吸抹：

「昨晚在酒樓的情形，安春喜都跟你說了？」

「說了。」

「看樣子載澂沒受挾持，跟他們混得很熟。」鳳祥說著凝肅的抬起頭：「既是這樣，載澂會從戲班裏知道很多事情，他知道了定會源源本本告訴太后，那時候──」

善保抗聲說：

「太后不一定會相信他。」

「不相信會有疑惑！」鳳祥沈鬱片刻，接著說：「我問過侯成棟，他說你弟弟寶麟死了。」

「唔！」一絲欣喜從善保眼裏閃過。

鳳祥猛地提高聲音：

「我不相信他，他說你抓那個戲子杜慶鑫是他徒弟，我更不信，他不會為一個徒弟劫宗室，把身家性命都豁出去！」

「那您是說⋯⋯」

「我懷疑杜慶鑫就是寶麟⋯⋯」

善保霍地站起說：

「不可能！」

鳳祥溫怒說：

「你怎麼能斷定不可能？」

善保激怒得臉色脹紅了：

「我弟弟不可能是戲子，我也決不會承認有個唱戲的弟弟！」

鳳祥強忍惱怒，沈聲說：

「不管他身份何等輕賤卑微，血親骨肉就是血親骨肉。」

「我不承認，我死都不會承認…」善保咬著牙拍桌。

善保和鳳祥爭吵後怒憤的衝出，一路疾走，僕婢看到他神情都驚恐的閃身讓路，走到前院，他高喊：

「叫安春喜到鷹房！」

走過迴廊時，架上鸚鵡沒衝他叫，他遷怒的揮臂掃打鸚鵡架，把鸚鵡嚇得撲翅驚叫。走進鷹房，巨鷹嘎叫撲翅，守房僕婢遞過肉盤，善保叉肉喂鷹，他叉肉的刀尖故意泄恨的向鷹嘴戳刺，巨鷹撲翅閃避，安春喜喘息著奔進來了：

「奴才來遲…」善保丟下喂鷹刀叉回頭，安春喜驟見他滿眼恨火的模樣，嚇得腿一軟跪下了…

「主子…」

「起來，我有話問你。」

「者！」安春喜心驚膽戰的站起，善保說：

「打進『辛者庫』的罪眷，檔籍錄卷都存在那裏？」

安春喜驚疑不定，謹慎回答：

「回主子，罪眷檔籍都存在宗人府經歷司啊。」

善保再問：

「文籍資料都記載什麼？」

安春喜膽子放寬，站起了。

「奴才有個酒友，是宗人府經歷司的筆帖式，他說文籍資料都記錄得非常詳細，除家人親族詳細登載以外，還鉅細靡遺的錄載個人特徵，譬如胎記在那裏，那裏有創疤，痣瘤等等。」

「噢，聽說『辛者庫』在罪眷身上烙有火印？」

「是。」

「烙在哪兒？」

「男肩女肘都烙個卍字。」

善保腦中急速閃過杜慶鑫肩頭被鷹爪裂的刺青，這時跨院又迸出刺耳的嘶喊，善保積怒爆發：「怎麼還在叫？」他猙獰的厲聲：「把她弄走，弄進窯子，讓她去賣，讓她去爛，讓她做貞節烈女，讓她替杜慶鑫犧牲！」

扣兒嘶叫的嘴再被布團塞住，她劇烈的掙扎扭動身體，被皮套綑住的手腕腳踝已皮破肉爛，覆蓋她身體一床錦被沾染著鮮血，她雖喊叫不出，眼眶的怨憤和淚痕使她形像慘烈得讓人驚心。

看守的僕婦驚懼的不敢靠近她，正自張惶，見安春喜進門，僕婦急忙奔過去向他稟報扣兒情況，安春喜點頭撥開她，徑自走到床架前：

「馬姑娘，送妳到個好地方去。」說著吩咐僕婦：「給她擦洗乾淨，換套衣裳，弄好了送到前院，別再讓她叫，惹惱貝勒爺吃苦的可是我們！」

僕婦趕緊端盆舀水，安春喜轉身離去，嘴角的笑容陰險冷森。他穿戶過院走到一處外觀無窗的破舊房舍，看守的壯僕開鎖推門，安春喜跨進房內，昏黑的房中驟亮，被關禁的羅青峰刺眼的扭開頭，安春喜說：

「羅頭兒，委屈了？」

羅青峰頹弱的問：

「要放我走？」

「對，不但放你走，還請你喝酒。」

羅青峰扶牆站起說：

「酒不喝了，我混身骨頭酸疼像散了似的！」

「這酒是賠罪酒，你不喝就掃貝勒爺的面子，走吧，酒準備好了，還有饅頭。」

羅青峰霍地一震凝住，他驚怖的問：

「還有饅頭？」

安春喜拍他的肩膀：

「你別想歪，喝酒吃饅頭是想讓你吃飽喝足，不是上刑場，我們貝勒府不信你們提督衙門那一套。」

羅青峰抒氣，神情更顯萎頓：

「噢，那謝了。」

安春喜向壯僕使眼色，壯僕會意點頭，他說：

「小趙，你陪羅頭兒盡興，吃喝完送他到前院，我在前院等著。」

安春喜一走，僕婢跟著把酒和饅頭都捧進來了。

前院一頂軟轎停著，四個壯僕在轎旁等候，安春喜負手站在廊下，僕婦等把馬扣兒從側院攙架著走出，扣兒經過梳洗換衣，面容也加修飾，雖雙眼悸怖的驚望院中，但顧盼間的娟秀豔麗仍讓人眩目，她驚恐的掙拒著不肯前進，壯碩僕婦的挾持卻讓她掙拒不動。

安春喜比手勢讓僕婦直接把她送進轎內，扣兒嘴裏仍被塞著布團，雙手捆綁在背後，僕婦把她送進軟轎，迅快的把她綁在轎凳上。轎簾放下，扣兒劇烈的在轎內掙動。

另一邊角門壯僕架出羅青峰，他酒嗝連連，滿臉通紅，邊走邊嚷著，口涎流滴到前胸。安春喜向前迎住他問：

「羅頭兒，喝足了？」

「喝是喝了，不過⋯」

「喝足就行了，咱們趕著辦事，沒時間耽擱！」說著向抬轎壯僕揮手：「起轎！」

羅青峰驚疑的問：

「辦事？辦什麼事？不是放我走嗎？轎裏是誰呀？」

安春喜詭密的向他擠眼：

「是個漂亮妞兒。」

「漂亮妞兒？抬去哪兒？」

「你先別問，跟著走就是了。」

軟轎抬出府門，羅青峰被架著，跌跌撞撞的和安春喜跟在轎後。

軟轎疾走，一路不停，抬進王廣福斜街一戶門前，門旁廊下挂著盞綠燈籠，燈籠下吊著漆牌流蘇，漆牌紅底白字寫著「怡紅院」幾個字。

安春喜向前敲門，敲了片刻，一個脂粉狼藉的婦人打著哈欠開門，一臉疲憊困倦：

「幹嘛？大清早敲什麼？」

「還清早，都快中午了。」

「在我們這兒沒天黑就算早。」她說著呲露著金牙回頭喊：「茶壺，叫姑娘打簾子見客了。」

茶壺老蘇滿臉病容的探頭出來看，說：

「姑娘都在睡呀！」

「叫她們起來，客人上門了。」

安春喜抬手搖搖，說：

「我不是客人，是提督衙門來的。」

老鴇變色，剛露的笑容就僵了：

「提督衙門？」

安春喜和顏悅色：

「你別害怕，我是朝天珠羅頭兒的手下，羅頭兒在外邊，我們不是來找麻煩，是來談生意。」

老鴇笑得像哭：

「談生意？」

安春喜跨進門，親熱的攀著她的肩膀說：

「羅頭兒手上有個新貨，想寄放在妳這裏做買賣，抽成買斷隨妳選，貨在外邊，妳當場去看，敢說是頂尖的貨色，蘇揚班子都撿不出這種姑娘，再說，生意談成，以後有羅頭兒給妳撐腰，黑白兩道妳都不會再有麻煩，羅頭兒妳認得嗎？」

「認得。」老鴇忐忑的應著。

「認得就好。」安春喜拍她肩膀說：「他在外邊，喝醉了，我讓人扶他進來喝杯茶。」說著轉頭向外喊：

「扶羅頭兒進來！」

壯僕架扶著羅青峰進門，鴇母陪笑向前喊：

「總爺！」

羅青峰醉眼迷蒙的看她：

「咦，妳不是那個……」

「我是金婆子。」

「對，對，金婆子！」

鴇母忙著拉椅子讓坐，邊回頭喊：

「茶壺，茶呀！」

聽到茶壺應聲，鴇母再轉臉向羅青峰陪笑：

「總爺是稀客，平時想巴結都巴結不上，怪不得我昨晚眼皮一直跳，敢情是貴客臨門了！」

安春喜把鴇母拉到一旁，故意壓低聲音說：

「羅頭兒得趕快走，他上邊還有人，事情辦得好，以後新貨不斷，保妳吃香喝辣的！」

鴇母驚喜得難以置信：

「上邊還有人？是…」

安春喜噓她，再把話聲壓低說：

「上邊的人不能露面。」他說著摀嘴附在她耳邊說：「是個紅頂子！」

「啊，紅頂子？」

安春喜肯定點頭，鴇母懷疑：

「紅頂子的爺們會幹這種事？」

「這妳就不懂了，吃剩的丟掉可惜呀，嘿嘿，閒話少說，妳去看貨吧！」

安春喜帶著鴇母到門外，揭開轎簾，鴇母看到扣兒形貌滿臉驚喜。安春喜急速放下轎簾橫身擋住：

「以後來的都跟這個一樣，抽成三七，買斷三百兩銀子！」

鴇母不加思索，立即點頭：

「買斷，買斷。」

安春喜向她伸出手掌，鴇母趕緊說：

「好，我就拿銀子。」

鴇母快步興奮的走回妓院，安春喜向抬轎壯僕揮手，壯僕解開轎凳捆綁把扣兒抱進妓院放在椅上，用力按住扣兒肩膀，扣兒掙著想站起，卻掙不動。

羅青峰認出扣兒，脫口說：

「咦，這不是慶昇戲班的馬⋯⋯」

站在他身邊的壯僕伸手把他的嘴巴摀住，茶壺在旁驚愕的望著他們，壯僕兇惡的怒瞪他，茶壺畏縮的低下頭，鴇母歡喜的拿出銀票給安春喜，問他：

「大爺，您貴姓？」

「我姓安。」安春喜說了又懊悔，沈臉搶過銀票指扣兒：「人交給妳，人貨兩訖。」

他把銀票轉身塞給羅青峰，說：

「頭兒，貨款三百兩。」

「哦！」羅青峰眨著眼想，安春喜催促著：

「走了！」壯僕等架扶著羅青峰走出門外，安春喜向鴇母說：「這個姑娘性子烈，我打暈她，妳找人把她抱進去，儘快讓她接客，撕破臉以後管教就會容易了！」

鴇母再呲露出金牙：

「安大爺，對付烈性姑娘我經驗豐富，再擰的姑娘我都有法子治得她得她們求饒！」

安春喜點頭，向按著扣兒的壯僕示意，壯僕以掌刀猛擊扣兒後頸，扣兒癱軟暈去。

離開怡紅院，安春喜讓羅青峰坐進軟轎，羅青峰醉眼迷離的自語：

「剛才那個妞兒好眼熟，像，像慶昇戲班的馬，馬⋯⋯」

攙扶他進轎的壯僕聞言轉頭望安春喜，安春喜擺頭示意，軟轎抬進僻巷，進巷後見前後無人，向壯僕點頭。壯僕不動聲色的從靴筒拔出匕首，隔轎刺進，隨聽羅青峰發出悶哼，壯僕再刺，隨刀溢出血漿，安春喜截聲喊：

「拖出來，快走，快⋯⋯」

壯僕伸手進轎拖出猶自顫抖的羅青峰，摔到地上，軟轎疾走，轉眼在巷底隱沒。

過午，恒祿得報趕到僻巷察看，羅青峰的屍體已被草席覆蓋，草席上飛撲著蒼蠅。仵作驗屍後向恒祿稟報，恒祿鐵青著臉望身旁的郝長功：

「羅青峰陷在貝勒府，卻在這裏被殺，背後一定有問題，他口袋裝的三百兩銀票，更是極大疑團，三百兩不是小數目，這筆錢那裏來？到恒興錢莊去查，看是誰開的票子。」

恒祿說著指街旁房舍：「這王廣福斜街是風化區，詳查這裏的書寓，揚州班子跟燈籠戶，看誰今天見過他，他死前跟誰在一起？」

「者！」郝長功恭應著喊：「丁卯，你帶人去查，挨門挨戶的查。」

「是。」丁卯答應。

「查到線索不要妄動，馬上回來稟報！」

「是。」

恒祿關懷的問丁卯：

「你傷勢怎麼樣？」

「謝督帥關心。」丁卯堅挺的說：「包紮了，不礙事！」

恒祿點頭揮手，丁卯帶領捕快離去，恒祿凝思，憤恨自語：

「敢當街屠殺公門捕快，真是向天借了膽子……」

綺春園東暖閣明淨敞亮，太后陰沈的坐著抽煙，恭親王奕訢恭謹侍立，猴兒乖順拘束的站在太后椅旁。太后對奕訢訓斥：

「洋人跟長毛鬧得雞犬不寧，你總得盡力幫你哥哥！」太后說著眉頭縐緊：「江山是大清朝的江山，在誰手裏斷送了，都對不起祖宗！」

恭親王有點激動的說：

「兒子倒有滿腔熱血想效忠報國，只是……」恭親王強抑憤懣的紫脹著臉色：「皇上身邊有些人，就容不得我！」

「皇上身邊有人容不得你？是誰？」

恭親王奕訢被太后逼問，倒警惕戒慎了，他斟酌片刻，說：

「也說不出是誰，反正有人心裏存著疙瘩，怕權勢落在我手上會失掉皇上寵信。」

太后注目望他，放下手裏水煙壺：

「你說是端華、載垣跟肅順這些人？」

「兒子不敢播弄，皇額娘聖明。」

奕訢的謙卑退縮倒激起太后的親子之情，她有點負氣的說：

「哼，我倒要問問皇上，有現成懂洋務的弟弟不用，倒寵信重用外臣！」

奕訢心頭雖喜卻不敢顯露，只恭謹的把頭低著，太后看著憐惜，正要說話，崔玉和走進跪稟：

「奴婢啟奏，舅爺候旨。」

太后忍住到嘴的話，點頭說：

「請舅爺進來吧。」

「者！」崔玉和轉身到殿外喊：「舅爺，請。」

鳳祥拂袖進門跪叩：

「奴才鳳祥叩覲。」

太后臉上露出靄笑：

「起來吧！」

「謝太后。」鳳祥轉向奕訢屈膝：「參見王爺。」

奕訢急跪還禮，太后說：

「敘家禮吧，都是至親骨肉，崔玉和……」

「在！」

「賜座！」

「者！」

崔玉和搬凳給鳳祥，猴兒向鳳祥打扦：

「給舅爺磕頭！」

鳳祥看見猴兒有話想問，猴兒卻搖頭擠眼攔阻，太后看見申斥說：

「猴兒，跟你舅爺玩什麼把戲？」

「沒有啊！」

「哼！」太后瞥眼瞪他：「我看你在這兒也受罪，出去玩吧！」

猴兒欣喜的跪下再跳起：

「謝老菩薩體恤！」

奕訢含怒瞪他，太后揮手趕他，猴兒一溜煙的跑出去，太后向奕訢說：

「孩子才十幾歲，你別跟他計較規矩！」

「兒子是怕寵慣了他，將來桀敖放肆！」

太后白眼不豫：

「他養在我身邊，規矩禮數都由我教他，你放心，教不壞你兒子。」

奕訢俯首無語，太后轉望鳳祥：

「大哥，你急著到綺春園，是不寶麟有了消息？」

鳳祥搖頭悲痛：

「侯成棟說，寶麟不在了！」

「不在了？」太后震動得挺直身軀，鳳祥接著說：

「不過奴才不相信，懷疑侯成棟一個唱戲的徒弟就是寶麟！」

「既然懷疑就追查呀！」

「奴才是要追查，只想請准太后，求皇上下詔先把寶麟的罪赦了。」

太后轉臉問奕訢：

「你二舅坤良有個小兒子叫寶麟，當年被一個姓侯的救出『辛者庫』，現在有了消息，你看想什麼辦法替寶麟請詔赦罪呀？」

「很難！」奕訢簡截回答說。

「難也要辦！」太后的臉沈下了。

「皇額娘別生氣。」奕訢趕緊說：「兒子遵旨奏請就是，不過，當年二舅獲罪抄家，是三司會審定的鐵案，贓證確鑿，不是皇上下詔說赦就能赦的，必得有充足理由，堅實證據才能重提審覆，沒有證據理由冒然提出，不但沒好處，反會惹起猜疑，皇額娘您忘了，廿年前主審定罪的人，眼下正在當道！」

鳳祥銜恨點頭：

「對，當時就是端華這隻瘋狗……」

奕訢望著太后說：

「就算找尋寶麟，也得暗裏進行，一旦張揚，他是逃漏的欽犯，就害死他了！」

太后變色，鳳祥也老淚縱橫的點頭。

金鴇兒興奮的一聲喊：

「醒了，醒了！」

喊聲中扣兒猛地睜開眼，鴇母和她兒子油錘熱切的站在前面望著她的臉，扣兒嚇得霍地坐起，鴇母笑嘻嘻的按住她的肩膀：

「醒了就好，起來洗洗臉梳梳頭，換上新衣裳！」

扣兒猛地推開她，把鴇母推得一屁股坐在地上，鴇母摔得呲牙裂嘴，暴怒跳起撲上就打，扣兒抱頭尖聲嘶叫，她叫著哭喊：

「放我走，善保人面獸心他是畜生……」

鴇母邊打邊罵：

「善寶惡寶妳給我賺錢才是寶，起來，換衣裳接客賺錢。」她打累停手喘息：「你聽話給你好吃好穿，耍性子牛脾氣讓妳想死都難……」

茶壺驚恐的衝進，抓住鴇母要說話，鴇母盛怒反手劈他，罵：

「王八羔子，你吃撐了，我打她你敢拉？」

「我不是拉妳護她。」茶壺撫臉說：「是羅頭兒，他離開這裏在胡同口被人捅了。」

鴇母再一巴掌打過去：

「他被人捅關我屁事？要你報喪？」說著陡地驚跳愣住：「你說誰？」

「早起帶她來，收妳三百兩銀子的羅頭兒！」

「他被人殺了？」鴇母驚得半向沒說出話，她臉色脹紅再變煞白，一手拉過她兒子油錘再推他：「油錘，你跟茶壺趕快把這丫頭藏進夾壁牆，快！」

油錘和茶壺粗魯的抬起扣兒，摀住她的嘴衝向宅後，鴇母跺腳：

「該死，老娘上當了！」

鴇母帶著油錘和茶壺剛把扣兒藏好，丁卯就帶著捕快衝進門來，他一腳踢翻長凳喝喊：

「金鴇兒呢，叫金鴇兒出來！」

妓女等都嚇得驚撲燕閃驚慌躲避，一個捕快助威的吼：「叫金鴇兒出來，都聾了？」

內院連奔帶跑奔出鴇母，她痙攣著臉陪笑：

「喲，總爺！」她情急慌亂的說：「久沒見您了？」

丁卯口氣不善的說：

「照妳這樣說，我以前常來了？」

「不不！」鴇母急辯：「總爺怎麼會常到這種地方來，我是說少見，是稀客！」

丁卯語氣咄咄：

「少見稀客妳怎麼認得我？」

鴇母強抑心慌涎臉陪笑：

「總爺是衙門捕頭，威名赫赫，我們燈籠戶能生意順當，全靠衙門爺們的維護了。」她說著張臂高喊：「茶壺啊，給爺們倒茶！」

丁卯臉色沈寒，眼光如刀：

「不喝茶，我們問幾句話就走。」

鴇母曲意討好：

「是是，我知道，您問的一定是羅頭兒被殺的事，這事我們什麼都不知道，只聽街坊傳說，提督衙門有個姓羅的捕快被殺，腰裏揣著三百兩銀子⋯⋯」

丁卯瞿然張目：

「妳怎麼知道他腰裏揣三百兩銀子？」

鴇母臉色蒼白瞬間，強笑：

「我的爺，這是什麼地方，有人放個屁都能說成是打雷了，出這麼大命案，還有不加油添醋的？」她說著故做親熱的抓住丁卯手臂：「總爺，借問一聲，提督衙門有幾個紅頂子？」

丁卯撥開她的手，露出錯愕，鴇母諂笑著再扯他衣袖說：

「總爺，讓我長點見識，您說說，提督衙門紅頂子的高官到底有幾個？」

「廢話，妳以麼紅頂子是糖葫蘆，扛著滿街跑的？」

鴇母央求：

「到底幾個？」

「當然只一個！」

「誰呀？提督老爺？」

丁卯瞪眼，鴇母嚇得縮頭，不敢再說了，丁卯嚴厲問她：「羅頭兒被殺，妳知道兇手是誰？」

鴇母急急搖頭，丁卯厲聲喝：

「真不知道？」

鴇母苦臉，神情驚恐無辜的說：

「我要知道不說，天打雷劈我！」

「也沒傳言？」卯再問。

「聽到的，我都說了。」

丁卯技窮的掃望隨行捕快，一個捕快嘿嘿笑著拍拍鴇母肩膀說：

「金鴇兒，老江湖—油得快變泥鰍了！」

丁卯和捕快等離去，鴇母陪笑的臉，僵冷了。

貝勒府花廳的軟榻上，善保舒服的靠著坐墊躺著，一個侍婢衣衫鬆開，酥胸半露，乳波輕顫著給他捶腿，安春喜得意的站在榻前，眼睇成一條細縫的向侍婢的乳波望著，善保斜眼瞄他，說：

「瞧你色迷迷的樣子，魂都飛了，想要？」

安春喜驚跳著諂笑：

「奴才沒這個福，剛說到馬扣兒，恍惚一下想到鴇兒的嘴臉心裏就糊塗了，奴才接著說⋯」他看到善保的手伸進侍婢鬆開的衣內，摸向鼓脹處，不覺又把話嚥住了。

善保笑罵：

「兔患子，到底怎麼樣？」

「反正一路順利，照想的都辦了。」

善保推開侍婢：

「行了，看你饞得快咬舌頭了，賞你吧！」

安春喜驚喜得跪下叩頭：

「謝主子。」

侍婢羞赧的掩衣下榻跟隨安春喜出廳，善保伸著懶腰正想躺倒睡下，廳門微向，鶴足鬼魅般閃進來了。

善保看到他一骨碌坐起叫：

「你這個雜毛，到處找你找不到……」

「這不是來了嗎？」

「琥珀跑了！」

「我知道，我盯著他們，知道他們在哪里落腳。」

善保竄起跳下臥榻：

「那抓回來呀！他們現在哪？」

「在西城一間小客棧養傷，一時不會走。」

「誰受傷？」

「杜慶鑫被恒提督射了一箭，傷得不輕！」

「他們睡在一起？」善保滿腔妒火的切齒說：「娼婦，賤骨頭，我要抓到你們，叫你們跪著向我求饒！」

小客棧的黃昏黑得早，窗外彩霞未褪，屋內就昏暗迷蒙了，桌上食具狼藉，慶鑫和胭脂並排在土炕上躺著。

胭脂眨著眼望熏黑的房頂椽梁，梁上滿布著蜘蛛網，灰蒙中仍看到蜘蛛沿著網絲在跑。她輕縐著眉尖苦思，眼角有淚痕閃灼，她想著深深舒氣，抬手抹淚痕，手掌碰觸到慶鑫的頭，他頭額的灼熱驚得她跳起，轉頭細看，見慶鑫滿臉潮紅，粗濁的呼吸著。胭脂推他輕喊：

「哥，哥⋯」

慶鑫驚醒，眼眶紅絲滿佈的迷蒙著，胭脂說：

「哥，你發燒！」

「啊？」慶鑫神智混沌的向她望著。

胭脂焦惶的叫：

「哥，你醒醒，你發燒啊！」

慶鑫疲弱的又把眼睛閉上了，胭脂焦惶無措的呆愣片刻，跳下炕床，衝奔出去。跑到店門櫃檯焦急的喊著：

「掌櫃，掌櫃大爺⋯」

掌櫃從櫃房探出頭問：

「叫什麼？」

胭脂哽咽說：

「我哥哥發燒，求您幫我請大夫！」

「請大夫？妳有錢嗎？」

胭脂淚水湧出：

「我，我⋯」

「妳哭有什麼用？沒錢怎麼請大夫？」

胭脂哽噎著：

「我願意不吃飯，請你把我們三天飯錢扣下來請大夫，求您發慈悲！」

掌櫃想了一下點頭：

「好，這樣也是辦法！」他揚聲喊：「石二⋯」

睡在長凳上的石二被喊醒坐起，掌櫃說：

「收拾傢夥，跟我出診看病去！」

胭脂驚愕的望他：

「你？」

「是啊，我就是大夫，你瞧…」他指著櫃檯旁一塊薰黑的牌子，牌上寫著：「湖州儒醫石慕才。」

胭脂回房扶起慶鑫，掌櫃抓起慶鑫手腕按脈，慶鑫呼吸粗濁，嘴唇乾裂，胭脂憂急的抓著慶鑫另一隻手，眼睛卻緊張的望著石掌櫃。石掌櫃按完脈象搖頭，胭脂雙膝一軟跪倒在地說：

「求石掌植救救我哥哥…」

「好了，他口渴儘量給他喝水，耽會煎好藥我讓石二拿給妳。」

石掌櫃說畢下炕就走，胭脂膝行追著他扯衣：

「求掌櫃大爺慈悲…」

石掌櫃徑自離開，石二在旁輕聲說：

「別急，他既插手，就一定會治傷，箭在肉裏久了，會腫爛燴膿，要挖肉拔箭，得先把刀械消毒！」石二說著指炕上慶鑫，示意胭脂照顧後轉身離去，胭脂回到炕前，輕拭慶鑫眼角淚漬，不覺痛淚流滴到他臉上，慶鑫被灼熱的淚滴驚醒，艱澀的睜開眼，胭脂張惶的向他擠出笑容。

國家圖書館出版品預行編目資料

逃離紫禁城：一位滿清郡主的傳奇／董升著. --初版. --臺中市：白象文化事業有限公司，2021.9
面； 公分
ISBN 978-626-7018-35-4（全套：平裝）

863.57　　110012121

逃離紫禁城：一位滿清郡主的傳奇

作　　者　董升
專案主編　水邊
出版編印　林榮威、陳逸儒、黃麗穎、水邊、陳媁婷、李婕
設計創意　張禮南、何佳諠
經銷推廣　李莉吟、莊博亞、劉育姍、李如玉
經紀企劃　張輝潭、徐錦淳、黃姿虹、廖書湘
營運管理　林金郎、曾千熏
發 行 人　張輝潭
出版發行　白象文化事業有限公司
412台中市大里區科技路1號8樓之2（台中軟體園區）
出版專線：（04）2496-5995　傳真：（04）2496-9901
401台中市東區和平街228巷44號（經銷部）
購書專線：（04）2220-8589　傳真：（04）2220-8505
印　　刷　基盛印刷工場
初版一刷　2021 年 9 月
定　　價　600 元（上下冊合售）